상상을 실천하는 나라, 영국

인문학 에세이

상상을 실천하는 나라, 영국

초판 1쇄 인쇄일   2024년 7월 15일
초판 1쇄 발행일   2024년 7월 22일

지은이   김영준
펴낸이   최길주

펴낸곳   도서출판 BG북갤러리
등록일자   2003년 11월 5일(제318-2003-000130호)
주소   서울시 영등포구 국회대로72길 6, 405호(여의도동, 아크로폴리스)
전화   02)761-7005(代)
팩스   02)761-7995
홈페이지   http://www.bookgallery.co.kr
E-mail   cgjpower@hanmail.net

ISBN 978-89-6495-301-3 03810

인문학 에세이

상상을 실천하는 나라,

영국

김영준 지음

No Sex Please, We're British.

BG 북갤러리

끝없는 사랑을 베풀어 주신

부모님과 마리아에게

영국 사회가 우리에게 던지는 가치와 덕목 그리고 소소한 교훈을 얻을 수 있는 계기가 되길…

살면서 관찰해 보니 영국인들은 우리가 이해하는 것처럼 점잖고 과묵을 덕목으로 여기며 과거의 영광에만 집착하는 보수적인 성향의 국민은 아니라는 결론에 이르렀다. 다른 국가들과의 상대성이라는 측면에서는 일부 공감이 되지만 전체적으로 그들은 진취적이고 역동적이며, 창의적이면서도 실용적인 가치를 지닌 성향의 민족이라는 생각이 든다. 그들은 자신감이 넘치며 전통적 가치를 존중하는 보수적이면서도 환경에 적극적으로 적응하는 이중적 성향이 있는 실용적인 국민이다. 세계를 정복하던 그들의 진취적인 성향은 제국을 이루는 바탕이 되었다.

사람들은 흔히 영국 사회를 '보수적'이라고 말하곤 한다. 한 나라를 상징적으로 표현하는 이런 용어는 어떤 배경으로 등장한 것일까. 부분적으로는 공감이 되지 않는 바도 아니지만 대체적으로 동의하기 어렵다는 것이 짧지 않은 시간을 영국에서 체류했던 필자가 갖는 느낌이다. 사람들 머릿속에 사회가 보수적이라고 하는 말이 자리 잡고 있다는 의미는 시간과 장소 그리고 각자의 역할에서 그 공간이 요구하는 자연스러운 모습을 지키는 전통을 가치 있는 것으로 평가하는 것을 말하는 게 아닐까.

정치인이 거리낌 없이 거짓말을 일삼으며 신뢰를 떨어뜨리거나, 기업인이 자신의 이익 추구만을 위해 고객을 기만하고, 언론인들이 거짓과 게으름으로 시민들에게 혼란을 초래하고, 예술가들이 창작 활동에 온 힘을 다하지 않으면서 예술가 모습을 흉내만 내는 모습은 그 사회가 지켜야 하는 가치와 덕목 그리고 전통을 훼손하거나 파괴하는 모습이다. 학교에서도 아이들에게 가치와 규범 그리고 질서를 가르치는 가운데 부모가 지나치게 학교 교육에 간섭하는 모습은 바람직한 게 아니다. 그런 면에서 영국 사회를 보수적이라고 부르는 것은 합당하다고 하겠다. 보수적이라거나 전통을 중시한다는 말은 그럴 경우에 사용하는 것이 적합하다.

두 해 전 엘리자베스 여왕이 서거했을 때 많은 영국 국민이 슬

퍼했다. TV를 통해 본 장례식의 모습은 상상을 벗어나지 않았다. 운구가 출발하는 버킹엄 궁전과 안치될 윈저성 주변 그리고 운구가 지나가는 길가에 도열한 시민들은 손수건으로 눈가에 흐르는 눈물을 찍거나 서로의 어깨를 두드리는 모습으로 슬픔을 억제하는 가운데 70년이라는 재위 기간 동안 자신들과 삶의 고락을 같이 했던 여왕을 마지막으로 떠나보냈다. 그렇지만 앞으로도 그들의 일상에서 여왕은 늘 대화의 소재로 등장할 것이고 국가가 운영되는 모습에 그녀가 통치하던 시절의 기억은 중심이자 기준으로 평가될 것이 분명하다.

몇 해 전 우리의 멀지 않은 공간에서 독재자 김정일이 사망했을 때 장례식에서 북한 주민들이 보인 모습은 충격을 넘어 기이해 보였다. 그들은 자신의 부모는 물론 조상들 모두가 동시에 사망해도 찾아보기 어려울 정도로 과하게 오열하고 통곡했으며 마치 그들의 위대한 지도자를 따라 순장이라도 할 것 같은 태도를 보였다. 그 모습을 시청한 전 세계 사람들 모두가 섬뜩함을 느꼈을 것이다. 새로운 젊은 독재자의 등장으로 김정일은 이미 북한 주민들의 숭배대상에서 지워졌겠지만, 엘리자베스 여왕은 앞으로도 영국 국민의 머릿속과 마음 깊은 곳에서 살아있을 것이다.

'코로나 19'로 인해 오랜만에 영국을 방문하게 되었다. 반가운

마음에 유학 시절 공부했던 학교와 머물던 동네 그리고 젊은 시절 늘 재미와 흥미를 던져주던 거리와 장소 곳곳을 둘러보았다. 오랜 시간이 흐른 뒤에 찾아본 학교 캠퍼스의 모습은 물론 도서관의 연구 분위기와 직원들의 모습도 여전히 차분하고 조용하며 자신의 자리에서 최선을 다하는 자세를 보여주고 있었다. 머물며 오가던 동네는 혹시나 하는 기대를 저버리지 않고 그대로 있었다. 자주 애용하던 식당과 카페, 빵 가게, 케밥을 팔던 가게도 크게 변하지 않은 모습이었다.

시내 중고서점이 늘어선 거리, 친구들과 가끔씩 찾던 펍(Pub)도 들러보았다. 음식을 탐하지 않고 화려한 모습의 외양을 포장하는 의상을 지양하는 사람들의 평범한 모습도 그대로 존재하는 듯했다. 미래를 예측하며 삶을 편안하게 맡길 수 있는 여유 있는 일상적인 삶의 모습도 크게 변하지 않았다. 일 년 후에나 가능할 유명한 뮤지컬이나 공연예약 그리고 해외여행을 오래전에 계획하고 예약하는 문화도 여전했다. 우리나라 같으면 상상도 못 할 그런 모습이다. 어제 한 거래나 일주일 혹은 한 달 전에 체결한 계약도 시치미 떼고 마치 아무 일도 아니라는 듯이 이행하지 않는 모습을 당연시하는 사회의 모습과는 크게 다르다.

영국은 보수적이라기보다는 오히려 창의성이 넘치는 사회라고 부르는 것이 적합할는지 모르겠다. 처음 영국에 갔을 때 TV를 시청하면서 중간중간 광고를 볼 때마다 느꼈던 점은 재미와 웃음을 주는, 지루하지 않은 광고들이 넘친다는 것이었다. 광고마다 독창적이고 위트가 번뜩이는 게 오히려 광고가 지루하지 않다는 생각이었다. 반면에 축구경기나 코미디 프로그램을 제외한 시사 토론 같은 다른 프로그램은 다소 지루하게 느껴졌다. 광고를 보기 위해 텔레비전을 본다는 농담도 낯설지 않았다.

 여가 시간에 감상했던 많은 예술작품에서는 작품의 소재 선택과 표현을 보면서 늘 신선하다는 생각을 떨칠 수 없었으며 지루하다거나 진부함을 느껴본 적이 없었다. 작품마다 고유한 색감과 빛 그리고 작가가 표현하고자 하는 의도를 상상하며 내 생각을 더 하는 즐거움은 여가를 즐기는 기쁨을 더해주었다. 그런 면에서 영국인들의 삶은 창의적이고 창조적이라고 할 수 있다. 남과 차별화되는 나만의 생각과 주장, 표현, 삶의 모습, 심지어 개성 있는 나만의 스타일을 간직하려는 그들의 자연스러운 일상은 비슷한 의상, 최신 유행에 지나치게 관심을 갖는 모습, 심지어 얼굴 모습조차 비슷하게 성형을 하고 생각조차 서로 크게 다르지 않은 성향을 좇는 우리의 모습과 대비된다.

 학교에서 공부하는 모습도 창의성을 빼놓고는 이야기를 이어나

가기가 어렵다. 전공을 불문하고 강의에서는 창의적인 생각, 주장, 논리를 중시한다. 과학기술 분야는 두말할 나위가 없고 심지어 사회과학이나 인문학 분야에서도 깊은 사고를 요구받으며 자신만의 독창적인 답을 만들어 내기 위해 노력한다. 상상하기 어려운 일이지만 이미 지나간 역사적 사실에 대한 해석을 놓고도 창의적인 사고를 요구하는 분위기이니 문화나 예술 분야는 더 말할 나위가 없다. 음악과 미술, 문학 그리고 스포츠에 이르기까지 그들은 자신이 몸담은 분야에서 실용적이고 창의적인 영역을 개척하려는 노력에 진심을 다한다. 그들은 열악한 자연환경과 결코 우월하지 않은 여건 속에서도 늘 상상하고 고민하고 실행한다. 이렇듯 영국의 사회체계는 겉으로는 마치 빅토리아 시대의 건축물처럼 아무 일도 없다는 듯이 견고하고 무심한 듯 돌아가는 모습을 띠고 있지만, 그 내부에서는 치열한 경쟁과 창의적인 사고가 바탕이 된 창조적인 활동을 통해 마치 화산의 마그마처럼 역동적인 생동감이 꿈틀거린다.

영국인들이 가진 또 다른 특징은 생각이 단순히 사고로만 머무르지 않는다는 데 있다. 그들에게는 생각을 실천하는 강력한 의지가 충만하다. 산업혁명의 시작과 전 세계를 넘나들며 이룩한 제국의 힘은 실천력에 있다. 단순한 음식, 음습한 날씨가 그들을 집안과 브리튼이라는 고립된 섬에만 머무르도록 하지 않았을 거라는 추측도 가능하지만, 그들은 깊은 고민과 사고 끝에 드러난 생각을 곧바로 실천하는 자신들만의 DNA를 가진 민족임이 분명하다. 그들은 분명히 역동적인 삶을 주저하지 않은 기질과 성향을 보유하고 있다. 그들이 창조한 민주주의와 자유 시장경제 체제, 의회제도, 금융시스템, 사법체계, 기술과 산업의 발전 속에서 드러난 가치와 제도는 전 세계 많은 국가에서 모범이 되었고 표준으로 자리 잡았다.

인간은 끊임없이 상상하고 사고한다. 인간의 보편적 가치인 생각하는 힘을 실천하는 영국인의 자세는 과거에 대영제국을 건설하고 오늘의 영국을 만들었다. 이 책에서 언급한 내용들은 대부분 영국이라는 나라를 공부한 필자의 경험이 바탕이 되었다. 기술을 하다 보니 본의 아니게 영국의 장점만을 소개한 글이 되었다. 사람에게 양면성이 있듯이 국가도 마찬가지다. 오랜 기간을 머물며 관찰했던 영국은 장점 못지않게 단점도 많은 사회다. 여기에서는 영국 사회가 갖고 있는 부정적인 측면을 의도적으로 기술하지 않았다. 단점을 들춰내서 영국 사회의 이면을 이해하기보다 우리에게 교훈이 될 장점을 배우는 일이 더 가치 있다고 판단했기 때문이다.

우리 역사가 후손들에게 준 가장 커다란 폐해는 이 땅에 존재했던 인물들의 많은 장점보다 사소한 단점을 들춰내 패거리 의식으로 단죄하는 악습으로 인해 애초부터 나라를 위해 일을 할 인물의 씨를 말려버린 것이 아닐까 한다. 그런 연유로 인해 5,000년이 넘는 긴 역사를 자랑하지만 위대한 선조들을 꼽는 작업에서는 손가락 열 개로도 넉넉할 지경이다. 이 땅에 수많은 위기가 도래한 역사적 사실도 바로 그 황급한 시기에 적절한 역할을 수행할 적합한 인물이 부재했기 때문은 아닐까.

각 분야에서 영국을 대표하는 인물을 손꼽는 일은 쉬운 일이 아니다. 영국은 그만큼 역사를 대표하는 인물이 넘쳐난다. 정치, 사회, 문화, 예술, 경제, 종교, 과학기술 분야에서 영국을 대표하는 인물들은 대부분 세계적 명성을 지닌 인물이다. 이 책에서 소개하고 언급한 인물들은 영국이라는 사회를 이해하는 지극히 작은 일부일 뿐이다. 그들도 인간일진대 왜 사소한 흠결이 없었겠는가.

영국은 사람의 단점보다 장점을 파악하고 배우려는 시선을 가진 민족이다. 따라서 인물의 흠결보다 장점을 긍정적으로 평가하는 문화가 보편화되어 있다. 그런 까닭에 역사적으로 평가받을 만한 위대한 인물들이 차고 넘친다. 우리 역사와는 다른 이러한 전통의 차이가 한편에서는 제국을 이루고, 다른 한편에서는 900여 회를 넘는 외세의 침략을 받으며 고통과 한(恨)의 역사를 가진 민족으로 구분된 것이 아닐까. 이 책을 통해 독자들이 영국이라는 나라를 균형 잡힌 시각으로 이해하고 영국 사회가 우리에게 던지는 가치와 덕목 그리고 소소한 교훈일지언정 얻을 수 있는 계기가 된다면 필자에게는 큰 기쁨이 될 것이다.

필자의 이런 경험을 같이 인내하며 오랜 기간 기쁨과 고통의 시간을 같이한 고마운 재경, 지선 그리고 든든하게 버팀목 역할을 해준 명주, 또 순수하고 천진한 미소와 사랑스러운 모습만으로도 힘을 불어넣어 준 하임과 하진에게 마음 깊은 곳으로부터 감사와 고마움을 전한다.

목차

Chapter II. Land · 143

Chapter I

People

엘리자베스 2세 여왕은
어떤 군주였을까?

여왕은 '나라의 어른'으로 다양한 성향을 지닌 개성이 넘치고 자의식이 팽배한

국민 간 갈등을 중재하고 봉합하면서 영국은 물론 영연방 전체가

평화롭고 번영하는 국가가 되도록 힘을 기울였다.

유학 시절 캠퍼스에서 같이 공부를 하던 영국인 사이먼(Simon)
과 토니(Tony)라는 이름을 가진 친구 둘은 서로 아주 달랐다. 출
신학교, 출신 배경, 사회를 보는 인식, 평상시 읽는 신문, 좋아하
는 음악, 여행에 대한 취미, 선호하는 음료, 외모 가꾸기, 응원하
는 축구팀, 심지어 왕이 존재하는 입헌군주제에 대해서도 그들은
서로 다른 생각을 갖고 있었다.

그들은 심지어 차를 마시는 습관도 달랐는데, 사이먼이 머그
(Mug)잔에 티백을 넣고 먼저 뜨거운 물을 부은 다음에 우유를 섞

어 마시는 반면에, 토니는 티백을 넣고 우유를 조금 넣은 후에 뜨거운 물을 부어야 티(Tea) 향이 적절하며 텁텁하지 않고 부드러운 제맛이 난다고 주장했다.

런던 북부 출신인 사이먼은 큰 키에 천성적으로 따뜻한 성품을 갖고 태어난 것인지 늘 부드럽고 잔잔한 웃음을 지으며 말도 조용하고 차분하게 하면서 친근감이 있었다. 그는 외국에서 온 이방인 친구들과도 잘 어울렸는데 주말이면 축구경기도 같이하고 펍(Pub)에서 맥주도 종종 마시면서 영국인의 일상적인 평범한 삶이나 취미에 관해 이야기를 나누곤 했다.

그는 복수전공으로 음악을 선택하여 첼로를 공부했는데 여학생들이 바퀴가 달린 커다란 악기 가방에 첼로를 넣고 힘들게 끌고 다니는 데 반해, 그는 커다란 가방을 한쪽 어깨에 걸치고 캠퍼스 안에 있는 음악연주실을 큰 걸음으로 다니곤 했다. 그는 훗날 영연방 정상회의가 개최되는 대회의장에서 '카잘스(Casals)'를 연주해보고 싶다고 입버릇처럼 말하곤 했다.

잉글랜드 북서쪽 항구도시 리버풀(Liverpool)에서 온 토니는 사이먼과는 반대로 적극적이고 활동적인 성격의 소유자였다. 토니는 영국은 물론 세상 밖의 문제들에 대해서 관심이 많았다. 그는 교내 축구팀에 가입하여 활동했는데 서로 몸을 부딪치며 땀을 흘리는 축구야말로 사내다운 운동이 아니겠냐며 적극적인 축구 예찬론을 펼쳤다. 축구선수를 해서 출세를 해도 될 만큼 강한 체력과 뛰어난 자질을 갖춰 프로팀 2군 정도에서 선수로 활동해도 될 만한 그였지만 그는 자신의 영국인 조상들이 그랬던 것처럼 졸업 후에는 세계여행을 하며 다양한 나라를 경험한 후, 마음에 끌리는 나라에 정착, 능력을 발휘하면서 하고 싶은 일을 하며 사는 삶을 꿈꾼다고 말하곤 했다.

수업시간에 그들 둘은 국제정치 전공의 학생들답게 영국의 외교 문제에 관심이 많았다. 특히 미국이나 유럽과의 관계는 물론 과거 영국이 통치했던 영연방 국가들에 대한 영국의 외교적 입장을 놓고도 뚜렷한 주관이 있었다. 둘은 특히 영연방 국가 출신으로 영국이라는 섬에서 합법적인 영국민의 자격으로 사는 그들의 후손에 대한 문제에서는 서로 공통점을 찾기 어려웠다.

영국정치에 늘 논란이 되고 있던 주제인 영국의 유럽연합 탈퇴 문제에 대해서도 사이먼은 영국도 유럽 국가이니만큼 유럽연합의 회원국으로 남아 있는 게 현명한 방법이 될 거라는 입장이지만, 토니는 영국이 전통적인 영연방 국가들과의 관계를 중시하는 것이 장기적으로 영국의 국익에 도움이 된다는 판단이었다. 따라서 수업시간에 그들은 마치 자신들이 외무성의 유럽과 식민지부서의 담당자처럼 지식과 상식을 동원한 격렬한 토론에서 한 치도 양보하지 않았다. 그래도 그들은 늘 같이 어울렸고, 토론했고, 학문적으로 또 지식인으로 성장했다.

응원하는 축구팀을 놓고도 그들의 의견은 상이했는데 사이먼이 오래전 조상 적부터 런던 북부를 연고지로 하는 '아스널 축구팀(Arsenal Football Club)'을 응원하는 반면에, 토니는 두말할 것도 없이 자기 고향을 연고로 하는 '리버풀 축구팀(Liverpool Football Club)'을 응원하였다.

런던 북부에 위치한 아스널 축구팀은 이름 그대로 오래전 총기와 대포 등을 만드는 공장 노동자들이 중심이 되어 구성된 팀이 오늘에 이른 것이다. 1891년에 프로클럽이 되고 1914년에는 지금의 명칭인 아스널로 클럽 이름을 확정했지만, 이미 1886년에 공장 노동자들이 중심이 되어 팀을 창단한 역사가 있다. 전 세계로 진출하여 식민지를 지배하고 통치하는 데 없어서는 안 될, 그리고 대영제국의 등장에 필수 요소가 되는 군수품을 제작하는 공장 노동자의 후손이라는 자부심은 그의 가족들이 전통적으로 아스널 축구팀을 응원하게 되는 마치 신성한 신앙과도 같은 것이다.

토니의 집안도 항구에서 어업에 종사하던 오래전 조상 적부터 산업혁명 이후에는 원자재 수입은 물론 제조한 다양한 상품을 수출하거나 심지어 영국인들이 고향을 떠나 새로운 대륙을 향해 떠나는 출발지였던 항구도시인 리버풀에 대한 애정이 각별했다.

산업혁명 이전은 물론 그 후에 이르기까지 리버풀 항구만큼 각별한 사연이 넘치는 지역도 많지 않을 것이다. 이곳에서 1699년 최초의 노예선인 리버풀 상선이 아프리카로 출항하면서 본격적으로 노예 거래가 시작되었으며, 불운한 여객선 '타이타닉호'가 등록된 항구가 바로 리버풀이기도 하다. 1830년에는 리버풀과 맨체스터 간에 사상 최초로 상업철도 노선이 개통되었으며 그 결과로 19세기 한때 리버풀의 경제력은 수도 런던을 능가하기도 했다.

오늘날 유럽 최고의 강팀이라는 찬사가 아깝지 않은 리버풀 축구팀은 19세기 말인 1892년에 공식적으로 출범했다. 그 오래전부터 부두 노동자들이 항구에서의 힘든 노역을 마치고 서로를 격려하면서 애환을 달래던 정서의 바탕 위에서 탄생한 구단이니만큼 리버풀을 응원하는 지역 팬들의 열정은 다른 팀들과 결코 비교할 바가 아니다. 따라서 항구도시 리버풀 출신이라는 토니의 자부심은 비틀스와 함께 지역을 대표하는 상징어가 된 리버풀 축구팀에 대한 애정으로 넘쳐났다.

영국인들은 자기 생각과 판단을 적극적으로 표출하며 토론하는 것을 좋아한다. 그들의 토론 문화는 어릴 적부터 시작되어 평생을 함께하는 일상이자 습관이다. 따라서 토론을 통해 자신의 생각을 무장하고 상대를 이해하며, 사회나 조직을 평가하는 바탕도 토론 문화를 통해 이루어진다.

민의의 전당인 영국 국회의사당에서는 집권 여당과 야당이 토론하는 광경을 쉽게 볼 수 있다. 토론은 TV로 영국 전체에 중계되기 때문에 논리가 없고 자질이 부족하거나 금세 드러날 거짓을 일삼는 막무가내식 선동 발언은 그들의 정치생명을 단축하는 지름길이 된다. 의원들은 오랜 시간 훈련한 모습으로 국민 앞에서 당당하게 자기 소신을 주장하고 국가를 위해 일한다는 인식을 국민에게 심어주기 위해 늘 열심히 공부한다.

국회의 모습과 마찬가지로 일상에서도 영국 국민은 자기 주관과 주장이 뚜렷하고 자기 철학이 확고하다. 부화뇌동하거나 집단으로 몰려다니며 저급한 수준이 드러나는 패거리 행동을 그들은 경멸한다. 몇 해 전 영국의 유럽연합 탈퇴를 반대하는 시위가 영국 곳곳에서 벌어졌는데 필자는 군중 속 어딘가에 사이먼이 있을 거라는 생각을 했다.

두 해 전 엘리자베스 2세(Queen Elizabeth II, 1926. 4. 21. ~2022. 9. 8.) 여왕이 96세의 나이로 타계했다. 남편 필립공(Prince Philip)이 그에 앞서 2021년 4월에 먼저 떠나고 19개월이 지난 후에 그녀도 남편을 따라갔다. 그녀는 70년이라는 기간 동안 '군림하되 통치하지 않는다.'라는 영국 왕실의 전통을 이어가며 재임 기간 제2차 세계대전의 영웅으로 영국을 승리로 이끈 윈스턴 처칠을 시작으로 사망 이틀 전에 임명한 리즈 트러스까지 15명의 총리가 통치하는 영국을 조용히 지켜보았다.

1952년 만 25세의 나이에 아버지 조지 6세(George VI)의 갑작스러운 타계로 왕위에 올라 영국은 물론 국제사회에서 벌어진 영욕의 현대사를 목격하며 때로는 그 가운데에 서 있기도 하고, 때로는 조언자로 중요한 역할을 감당하는 삶을 살았다.

영국에서 여왕은 어떤 존재로 군림했을까.

엘리자베스 여왕은 제2차 세계대전 막바지 기간인 1945년 왕실의 일원으로 군 복무를 위해 여자 국방군에 자원해 보급업무를 지원하고 군용 트럭 운전병으로 '노블레스 오블리주(Noblesse Oblige)'를 직접 실천했다. 여왕으로 즉위한 후 그녀가 만난 해외 정상이나 중요 인물들은 셀 수 없을 만큼 많았으며 미국 대통령도 13명이나 된다. 국제사회에서 나름대로 명성을 가졌던 인물 중에서 그녀가 만나지 않은 사람은 그리 많지 않았다.

그녀는 여왕의 신분으로 영국이 1976년 IMF 외환위기를 겪었을 때, 1982년 영국과 아르헨티나 사이에 벌어진 포클랜드 전쟁 기간, 1990년 발발한 걸프전 등 영국이 관여된 세계사적인 사건 속에서 피해를 당한 영국인들을 위로했다. 2011년에는 영국 군주로서는 100년 만에 아일랜드를 공식 방문하여 양국의 아픈 역사에 대해 유감을 표시하며 양국의 우호적인 협력관계를 요청하기도 하였다.

코로나가 한창이던 2020년에는 '코로나 19'로 사망하거나 병중에 있는 낙심한 영국 국민을 위해 기자회견에 나서 국민을 위로하였다. 따라서 영국민들은 자신들이 겪는 어려운 순간마다 여왕이라는 존재가 늘 멀리 떨어져 있지 않다고 생각한다.

흔히 영국민을 통치하기에 가장 어려운 민족이라고 한다. 개성과 자기주장, 신념이 뚜렷한 민족이라는 게 그 배경이다. 게다가 영국 사회는 전통적으로 지성주의에 대한 반감이 뿌리 깊다. 이런 국가 구성원들의 개성을 존중하고 창의성을 계발하기 위한 국가나 사회의 노력은 오랜 기간 지속되어 왔다. 앞에 언급한 사이먼과 토니는 그런 교육을 받고 성장한 영국민 중 한 명으로 영국이라는 국가의 자연스러운 구성원이 된다.

오랜 기간을 살면서 관찰해 보니 이들만 그런 게 아니라 영국인 전체가 자신만의 독특한 기질과 성향을 개성인 듯 가지고 있었다. 우리 사회처럼 유행에 민감하게 반응하고 집단의식 속에서 배제되는 상황을 견디지 못하는 것과는 커다란 차이가 있다. 그런 문화 속에서 영국이라는 나라는 존재하고 발전을 지속해 왔다.

그런 가운데 여왕은 '나라의 어른'으로 다양한 성향을 지닌 개성이 넘치고 자의식이 팽배한 국민 간 갈등을 중재하고 봉합하면서 영국은 물론 영연방 전체가 평화롭고 번영하는 국가가 되도록 힘을 기울였다. 나라의 어른인 여왕의 존재는 개개인이 느끼는 갈등과 사회적 이질감에 대한 저항을 다독이는 존재가 되었다. 드러나지 않으면서도 국가가 올바른 방향으로 가도록 사람들 마음속에 존재하던 인물인 까닭에 나라의 존경받던 어른인 여왕의 타계로 국민은 좌절감에 빠지지 않을 수 없었을 것이다.

2023년 5월 6일, 엘리자베스 여왕의 뒤를 이어 찰스 3세와 왕비 카밀라의 대관식이 거행되었다. 여전히 다이애나비를 기억하는 사람들은 마음이 씁쓸할 수밖에 없고, 찰스의 둘째 아들 해리 왕자가 가족과 함께 스스로 왕실을 떠난 사실을 놓고는 젊은 세대

사이에서 왕실에 대한 불만이 없을 수 없다. 국내외에 산적한 어려움 속에서 과연 찰스 3세는 자신의 어머니 엘리자베스 2세만큼의 지도력으로 영국을 통치할 수 있을까.

우리에게도 국민이 상심하고 좌절에 빠졌을 때 존재감만으로 위로받고 존경심이 우러나오는 지도력을 갖춘 그런 인물이 있는지 궁금해진다. 주변 사람을 격려하고 위로를 주고받는 대상이라기보다 서로 경쟁하며 반목하는 문화가 팽배한 이 땅에서 참으로 쉽지 않은 일이다. '가까운 사촌이 땅을 사도 배가 아프다.'는 사람들이니 오죽하랴.

어린 나이에 힘들고 지난한 과정을 극복하고 올림픽에서 메달을 목에 걸고 눈물을 흘리던 피겨의 김연아 선수와 100세를 넘긴 지금까지도 끊임없는 학문 연구와 나라의 어른으로 국민을 위해 격려와 덕담을 아끼지 않는 김형석 교수를 두고도 비난하는, 남을 헐뜯는 게 타고난 인성인 위인들이 있으니 그런 기대는 차라리 일찍이 접는 게 정신건강을 위해서도 다행스러운 게 아닐까.

얼마 전에는 전철 안에서 제 아버지 또래의 어른을 휴대전화기로 머리에서 피가 흐르도록 때리며 욕설을 퍼붓는 젊은 여성의 패륜 행태가 보도되었다. 국가지도자인 대통령에 대한 호칭을 의도적으로 무시하는 몰상식한 정치인들도 부지기수다.

　오랜 기간 나라의 어른이었던 여왕을 떠나보내는 수많은 영국인의 애도하는 모습을 보면서 갈등과 대립, 충돌과 혼돈이 팽배한 우리나라에 존재감만으로 국민이 위로받게 될 인물의 등장을 바라는 마음 간절하다. 어렵기는 하겠지만 불가능하기야 하겠는가.

'찰스 3세'라는
영국 국왕의 지위

엘리자베스 여왕은 자신이 경험한 교훈을 미래의 군주가 될 아들 찰스에게

자연스럽게 물려주었고, 이제 국왕이 된 찰스 3세는

귀중한 유무형의 자산을 계승한 왕이 되었다.

2023년 11월 20일 윤석열 대통령이 영국을 국빈 방문했다. 영국 왕실의 초청으로 이루어진 이번 방문은 2013년 11월 박근혜 대통령의 방문 이후 10년 만으로, 특히 찰스 3세의 즉위 이후 이루어진 외국 정상에 대한 국빈 방문으로 의미가 깊다. 이에 앞서 찰스 국왕은 한국인들이 많이 사는 런던의 서남쪽에 위치한 뉴몰든(New Malden) 지역을 미리 방문하여 영국에 거주하고 있는 한국인들의 삶을 미리 살펴보는 예의를 갖추어 화제가 되었다. 뉴몰든은 전통 있는 윔블던 테니스 대회가 개최되는 윔블던 지역에서 조금 더 아래로 내려간 조용하고 평화로운 지역이다.

찰스 3세에게 왕위를 물려주고 2022년 9월 8일 영면에 들어선 엘리자베스 여왕은 70년의 긴 재임 동안 어떤 시선으로 세상을 보았을까? 그녀는 아버지 조지 6세의 급작스러운 서거로 왕위를 계승 받았지만 이념의 대립이 바탕이 된 냉전이 전 세계로 확산한 어려운 시기에 동요하지 않고 최장수 영국 국왕이자 대영제국의 수장으로 자리를 지켰다. 국내적으로도 정당·정파 간 대립, 계층, 빈부, 세대, 인종 등 다양한 요소를 통해 드러나는 사회적 갈등, 지역 간 분열 등에서 정치권이 해결하지 못하는 문제들을 놓고 국민이 동요할 때마다 나라의 어른으로 국민을 위로하고 치유하려는 노력을 기울이며 흔들림 없이 국가를 통치했다.

찰스 3세는 어머니 엘리자베스 여왕의 서거 후 74세의 늦은 나이에 왕위를 이어받았다. 간혹 불미스러운 스캔들로 인해 국민으로부터 왕의 세습 여론에 적신호가 있기는 했지만, 왕이 되기 위한 수업을 오랫동안 받은 셈이다. 엘리자베스 여왕은 재임 기간 영국의 총리 15명을 포함해 14명의 미국 대통령, 10명의 프랑스 대통령, 9명의 독일 총리, 일본 총리는 32명, 심지어 7명의 교황이 바뀌는 것을 보았다. 그 기간 대한민국 대통령도 13명이 재임하였다. 이에 못지않게 그녀는 강력했던 소련제국의 몰락도 목격했다. 그녀는 전 세계 영향력 있는 국가지도자들과 많은 만남과 교류를 통해 세계의 지도자들 위에 존재하는 지구상의 존경받는 어른의 역할을 서거 직전까지 성실하게 수행했다.

그녀는 스탈린의 강압 통치와 공산주의라는 체제가 전 세계 많은 사람을 얼마나 커다란 공포와 절망에 빠뜨렸는지를 목격했다. 무려 2,000만 명이 넘는 희생자를 낳은 '문화대혁명'이라는 고상한 언어가 이끈 지도자의 통치행위가 중국 국민을 얼마나 피폐하게 만들었는지를 비통한 심정으로 바라보았다. 고난의 행군 기간 33만여 허약한 북한 주민들이 탐욕스러운 지도자를 원망하며 굶주리며 죽어가는 모습에 큰 충격을 받았다. 그녀는 인간의 기본적인 욕구인 의식주 문제를 스스로 해결하지 못하는 아시아와 아프리카의 수많은 사람이 겪는 고통을 진심으로 공감했다.

그녀는 또한 전후 이웃 나라 프랑스에서 드골이라는 리더가 어떻게 절망에 빠진 국민을 이끌며 '위대한 프랑스'를 만들어 가는지를 배웠으며, 전쟁의 책임으로 분단된 독일을 재건과 통일로 이끈 아데나워와 콜 총리의 리더십을 교훈으로 삼았다. 한편으로는 성실한 국민의 노력이 어떻게 전후 일본의 부흥을 이끌었는지를 관찰했으며, 근면한 국민이 전후 잿더미 속에서 박정희라는 지도자와 함께 베트남 정글에서, 서독의 광산에서, 중동의 사막에서 피와 땀을 흘리며 오늘의 대한민국을 이룩했는지를 목격했다.

엘리자베스 여왕은 자신이 경험한 교훈을 미래의 군주가 될 아들 찰스에게 자연스럽게 물려주었고, 이제 국왕이 된 찰스 3세는 귀중한 유무형의 자산을 계승한 왕이 되었다. 따라서 지금 찰스 3세보다 가치 있는 자산을 가진 군주는 지구상에 존재하지 않을 것이다. 이런 점들을 생각할 때 찰스 3세라는 인물을 바라보는 우리의 시선은 바뀔 필요가 있지 않을까.

정치학자들은 군주제 국가에서는 왕실은 단순히 상징적인 지위를 유지하는 것일 뿐이라고 주장하며 총리의 역할과 구분해서 설명하는 수준을 넘지 못하고 있다. 그럼에도 불구하고 스웨덴, 덴마크, 스페인, 벨기에 그리고 일본처럼 군주제가 존재하는 국가들에서 왕실이 국민으로부터 받는 존경과 애정은 정치인들의 그것과는 비교가 되지 않는다. 그중에 영국은 가장 대표적이랄 수 있다. 정치학자들의 안목이 정치이론을 넘어서서 역사의 흐름과 통찰을 가지길 기대하기는 어렵다.

오늘날 우리나라에 역사와 정치를 통찰하는 안목을 가진 정치지도자가 있을까. 작금의 정치인들의 행태를 보면 기대를 접는 것이 현명할 듯하다. 무능과 부패가 그들을 상징하는 언어가 되어버린 지 이미 오래다. 국가의 이익보다 자신들만의 집단이익을 탐하며 국민을 절망하게 만드는 그들에게 이미 민심이 떠난 지를 그들만 모르고 있다.

　윤석열 대통령은 영국 방문 기간 찰스 3세를 만나 많은 걸 느끼고 왔을 것이다. 짧은 기간이었지만 찰스 국왕이 어머니 엘리자베스 여왕 곁에서 묵묵히 배웠던 지도자로서의 경험과 지혜를 공유하는 시간도 가졌을 것이다. 그런 인연의 가교를 놓고 귀국한 것도 큰 성과다. 앞으로 윤 대통령이 보고 느끼고 온 것을 바탕으로 대한민국의 더 위대한 발전을 위해 지혜와 책략을 갖춘 지도력을 펼치길 기대한다.

셰익스피어의 시대,
디킨스의 시대

세계적인 지명도에서 셰익스피어와 비길 바는 아닐지 모르지만,

디킨스는 자신이 몸소 체험하며 알게 된 사회 밑바닥의 생활상과 애환,

부조리한 사회문제와 불평등, 세상의 모순과 부정한 현실을 섬세한 작가의 눈으로

외면하지 않았고 작품을 통해 드러내는 노력을 계속했다.

세상 어디에든 사람들 사이에서는 서로 다른 생각이 존재한다. 그리고 이견의 한가운데에는 제법 탄탄한 자기주장과 합리화가 자리 잡고 있어 사회 내 갈등은 물론 자연스럽게 국경을 넘어 세계적인 현상이 되기도 한다. 권력을 가진 자와 권력을 가지려는 자, 혹은 권력이라는 가지의 끝자락에 매달려 있는 자, 종교를 가진 자와 신을 부정하는 자, 혹은 다른 종교를 거부하는 자. 부를 가진 자와 부를 갈망하는 자 그리고 그들을 비난하는 자, 그 외에 수많은 구분이 발생하고 사람들은 자신이 발을 딛고 서 있는 공간에서 자기의 입장을 옹호하면서 반대편을 경계하고 비판한다.

영국이 "셰익스피어와 인도를 바꾸지 않겠다."라는 말은 사실 비평가이자 역사가인 토머스 칼라일(Thomas Carlyle)의 "인도의 풍부한 재물을 잃는다 해도 영국의 셰익스피어는 잃고 싶지 않다."라는, 다시 말해서 영국은 언젠가 인도를 잃게 될 것이지만, 셰익스피어는 영원히 사라지지 않을 것이라는 말에서 기원이 되었다. 그만큼 셰익스피어에 대한 영국인들의 애정과 자부심을 표현한 말이다. 이 말을 듣고 화가 난 인도인들이 "영국과 인도 식당을 바꾸는 일은 결코 없을 것"이라며 맞불을 놓았다는 말이 우스갯소리처럼 회자되는데 인도 사람들의 성정을 생각해 볼 때 사실일 가능성이 크다.

실제로 영국의 일간지 〈The Times〉의 조사에서 영국인들은 2000년 새로운 세기를 시작하면서 역사에서 가장 존경하는 인물로 처칠에 이어 두 번째로 셰익스피어를 꼽았다. 세 번째가 다이애나 세자빈이었으니 위대한 작가에 대한 영국인들의 애정이 얼마나 큰지를 짐작할 수 있다.

셰익스피어는 잉글랜드가 대영제국으로 발전할 토대를 마련한 엘리자베스 1세와 그 뒤를 이은 제임스 1세의 통치기에 활약했다. 여왕의 종교개혁, 성공적인 경제와 사회 개혁, 아메리카 대륙의 식민지 개척, 스페인 무적함대의 격파 등에서 기인한 국민의 일치단결과 애국심의 고조는 셰익스피어 작품에도 자연스럽게 영향을 끼쳤다. 엘리자베스 1세와 제임스 1세 두 명의 왕이 통치하던 시기는 영국 문학사 가운데서도 가장 화려한 시대였는데 1564년에 잉글랜드 중부 '스트래트퍼드 어폰 에이번(Stratford-up-on-Avon)'에서 출생한 셰익스피어는 1616년 52세의 나이로 사망하기까지 시대를 풍미한 위대한 극작가였다. 그는 우리에게도 친숙한 리어왕과 햄릿 등 '4대 비극'을 포함해 주옥같은 작품을 남기면서 명성을 떨쳤다.

셰익스피어 활동 시기에 영국은 과학, 종교 등 많은 분야에서 새로운 사상이 등장하여 지적 혁명이 이루어지는 가운데 시대가 변하면서 중세적 사상은 퇴조의 길을 걷게 된다. 문학도 예외가 아니어서 귀족풍의 작품에는 과거와 달리 대중적인 설화가 들어가고, 희극에는 로맨스가 포함되는가 하면, 비극에는 풍자와 해학이 버무려졌다. 이 중심에 셰익스피어가 있었다. 셰익스피어는 자신의 업적을 축하하는 의미로 런던의 템스강 변에 신축한 극단을 왕의 허락을 받아 '왕의 극단(King's Men)'으로 개명하는 영예도 얻었다.

그런데 여기에도 서로 다른 생각이 존재한다. 실제로 대부분 영국 국민이 셰익스피어에 대한 애정과 존경을 표하지만 젊은 세대 사이에서는 세계적인 대문호보다 선호하는 작가가 따로 있다. 19세기 빅토리아 여왕 시대 최고 인기 작가였던 찰스 디킨스(1812~1870)가 바로 그다. 빅토리아 시대는 영국사에서도 번영의 시기였으며 제2의 영국 문학 전성기이기도 했다. 이 시기 디킨스는 영국 사회의 성장과 풍요 이면의 음습하고 우울한 사회에 주목한다.

우리에게도 잘 알려진 영국의 마르크스주의 역사학자인 에릭 홉스봄은 산업혁명 이후 국제사회의 급격한 사회변동을 추적하여 세계적인 베스트셀러가 된 연작 역사서 4권을 저술하였다.《혁명의 시대, the Age of Revolution; 1789~1848》,《자본의 시대, the Age of Capital; 1848~1875》,《제국의 시대, the Age of Empire; 1875~1914》 그리고《극단의 시대, the Age of Extreme; 1914~1991》가 바로 그것이다.

디킨스는 (홉스봄이 저서에서 주장한 자유, 평등, 인권의 가치와 사회주의가 등장하는) '혁명의 시대'를 거쳐 (경제적 부가 최고의 선으로 평가받는) '자본의 시대' 기간에 영국에서 성장하고 작가로 활동했다. 디킨스 시대 영국은 셰익스피어 시대와는 사뭇 달랐다.

디킨스는 셰익스피어처럼 슬프면서도 감동을 주는 진중한 비극도 우스우면서도 심금을 울리는 위대한 희극도 남기지 않았다. 《크리스마스 캐럴, A Christmas Carol》, 《데이비드 코퍼필드, David Copperfield》, 《두 도시 이야기, A Tales of Two Cities》, 《위대한 유산, Great Expectations》 등이 우리에게도 익숙한 그의 대표적인 작품이다.

그러나 비록 세계적인 지명도에서 셰익스피어와 비길 바는 아닐지 모르지만, 디킨스는 자신이 몸소 체험하며 알게 된 사회 밑바닥의 생활상과 애환, 부조리한 사회문제와 불평등, 세상의 모순과 부정한 현실을 섬세한 작가의 눈으로 외면하지 않았고 작품을 통해 드러내는 노력을 계속했다.

디킨스 시대의 사회는 어땠을까. 그의 대표작 중 하나이자 작가로서 명성을 얻게 해준 《올리버 트위스트, Oliver Twist》는 1837년에 출간된 그의 두 번째 소설이다.

당시 영국은 산업혁명이 본격적으로 시작되면서 자본의 힘이 세지고 노동자의 숫자도 기하급수적으로 늘어나던 시기였다. 대부분 국가의 산업화 과정에서 나타난 것처럼 노동자 대부분은 농경사회의 급격한 변화로 농업을 포기하고 더 많은 수입을 쫓아 대도시 변두리로 진입하던 소시민들이었다(우리에게도 1970년대 초반부터 1980년대 중반에 걸쳐 그런 시기가 존재했다).

통계에 따르면 1801년 1,117,000명이던 런던 인구는 1851년에 2,685,000명으로 두 배 이상 증가했고, 에든버러와 리버풀 그리고 버밍엄 같은 영국 대도시 인구도 같은 기간 3~4배에 이르는 급격한 증가세를 보였다. 따라서 값싼 노동력이 증가함으로써 불평등이 심화되고 자본이 기준이 되는 계층 간 구분이 자연스럽게 발생했다.

사실 영국은 1597~98년에 마련되고 1601년에 보완된 가난한 사람을 돕는 '구빈법(the Poor Laws)'이 시행되고 있었다. 그러나 산업혁명을 거치면서 개인 재산을 중시하는 풍조가 확산되고 그 결과 부유층이 폭발적으로 증가하게 되는데 그들의 부(富)는 상상을 초월할 만한 규모였다.

부가 국가발전의 동력으로 평가되면서 상대적으로 빈민계층에 대한 정부의 책임은 새로운 빈민법이 시행되면서 축소되어 서민의 고통 또한 상상하기 어려울 지경으로 떨어지게 된다. 이와 더불어 주택의 부족, 범죄의 증가는 물론 환경문제와 전통적인 여성의 지위 변화에 대한 부가적인 문제들도 등장하게 된다.

이러한 급격한 사회변화 속에서 디킨스는 길거리를 헤매다 구빈원에서 아이를 출생한 여인이 세상을 떠난 후 보육원에서 온갖 학대와 사회의 차별 속에서 성장하는 고아 소년 올리버 트위스트를 통해 당시 영국 사회제도와 모순을 차분하게 비판한다. 어디 영국뿐이었으랴. 당시 산업혁명의 바람은 유럽 전역에 걸쳐 확산하였는데 산업화가 진행된 대부분 유럽 국가에서 디킨스가 주목한 빈곤, 열악한 노동환경, 사회의 부조리, 비리가 가져온 사회적 불평등은 보편적인 현상이 되었다.

칼 마르크스(Karl Marx)가 그의 나이 만 30세 혈기 왕성한 시기에 전 세계 노동자들의 단결을 촉구하며 저술한 – 책이라기보다는 팸플릿 수준의 간략한 분량인 –《공산당 선언, the Communist Manifesto》이 산업화가 팽창하던 1848년에 발표된 것도 결코 우연이 아니다.

시대의 유혹에 끌리지 않는 문학이 있으랴.
문학은 시대와 더불어 산다.

1972년에 처음 발간된 문학사상 잡지를 펼쳐보고 있다. 이어서 1980년대, 1990년대 그리고 또 2000년대에 발행된 잡지를 들여다보노라면 우리 사회가 어떻게 변해 왔는지를 짐작할 수 있다.

작가들이 작품마다 충실하게 당시 사회를 이해하고 해석하려고 노력했기 때문이 아닐까. 그래도 어수선한 이 시대에 문학작품의 충실한 독자만 한 사람들이 있을까 싶다. 문학은 세대를 초월하고 아무리 오래된 작품이라 할지라도 꾸준한 사랑과 관심 속에 시대를 이야기하고 독자와 대화하며 사랑받고 있으니 말이다.

세간의 여론이야 어떻든 셰익스피어와 디킨스같이 자신들이 숨 쉬고 살아가는 사회라는 공간을 진지하게 고민하고 해석하는, 또 다른 한편으로는 장구한 시간의 흐름 속에서도 시대를 상징하며 꾸준히 사랑받는 그런 작가들을 가진 영국 사회는 정신적으로 풍요롭다. 재능을 가진 작가들이 시대의 소임에 충실하고 시민들은 그들의 노력에 찬사를 보내며 각자의 생각을 가지고 나름대로 살아가는 방식, 그것이 '해가 지지 않던 영국'을 만든 전통이 아닐까 싶다.

영국을 대표하는 셰익스피어와 디킨스 두 작가도 자신들의 시대를 살면서 평생 그런 노력을 했을 것이다. 각자의 주장이 사회 내부에서 첨예하게 대립하는 지금 우리 사회의 현실을 보면 서로 다른 의견을 넉넉하게 포용하는 영국이라는 나라에서 교훈으로 얻을 만한 것이 있을지도 모르겠다.

역사학자 토인비가
주는 교훈

토인비가 오랜 역사의 연구를 통해 우리에게 던지는 메시지는

'인간은 어떻게 살아가야 하는가.'라는 물음에 대해 27년간의 끊임없는

성찰과 노력 끝에 찾아낸 교훈이 아닐까.

역사학자 아놀드 토인비(Arnold J. Toynbee)가 세계적으로 유명한 12권의 방대한 저술《역사의 연구》를 마친 것은 그의 나이 45세에 집필을 시작하여 27년이라는 긴 기간을 보내고 72세가 되던 해였다. 생애에서 학문 연구에 가장 이상적이고 왕성한 나이에 시작해서 오랜 시간을 보낸 후 마침내 인생의 종착역에 다다를 무렵에 연구를 끝낸 것이다. 단지 역사 연구뿐만 아니라 그는 런던대학에서 국제사(International History)를 가르치는 교수로, 또한 전통 있는 왕립국제문제연구소(Chatham House)의 소장으로도 활동했다. 그가 평생을 보내며 이토록 연구에 집중하도록 만든

동인은 무엇이었을까.

영국 런던에서 출생한 토인비는 명문 사립학교인 윈체스터칼리지와 옥스퍼드대학을 졸업한 후에 그리스 문명을 연구하는 연구원으로 활동하면서 철학의 기원과 문명의 쇠퇴에 관심을 갖게 된다. 그의 나이 25세가 되던 해에 발발한 제1차 세계대전은 젊은 역사학자의 눈으로 하여금 고대와 중세 그리고 근대에 이르기까지 화려했던 서구 문명이 전쟁의 참화로 일순간에 참담하게 몰락해 가는 상황을 직접 목격하게 했다. 그런 배경 속에서 그는 그리스 문명과 고대 로마의 역사, 오스만 제국 등의 명멸의 전례를 연구하며 인류 문명의 생성과 발전, 쇠퇴의 원리를 이해하는 가운데 우리에게도 잘 알려진 '도전과 응전'이라는 개념에 주목하며 역사가 우리에게 주는 교훈을 정리하였다.

그런데 그가 연구에 집중한 동기가 다른 이유 때문이었다는 주장이 있다. 그것은 토인비가 학문 연구자로서의 본분을 망각하고 학자로서 역사적 사실을 왜곡했던 행위에 대한 반성이 스스로를 자극했다는 주장이다. 역사학자는 과거에 일어났던 역사적 사건은 물론 현재 발생한 사건에 대해서도 한편으로 치우치지 않고 균형 잡힌 시각으로 객관적인 사실을 기술할 의무를 진 양심 있는 지식인을 말한다. 그러나 전쟁 기간 토인비가 일순간이나마 역사

연구자로서의 본분을 망각하고 선동적이고 주관적인 담론에 빠져 역사적 사실을 오도한 전력에 대한 죄의식을 느끼고 반성하는 자세로 끊임없이 연구에 집중했다는 내용이 그것이다.

　제1차 세계대전은 토인비의 모국 영국을 포함해 여러 유럽 국가가 참여하였고 막판에는 전쟁의 승패를 좌우한 대서양 건너 미국이 참가하는가 하면, 최초로 유럽 강국의 식민지였던 아시아와 중동 그리고 아프리카에서 온 다양한 인종들마저 전선에 투입된 사상 최초의 세계대전이 되었다(당시에 이런 개념이 보편화되지는 않았지만 이를 통해 제3세계 출신자들이 본격적으로 유럽으로 이주해 정착하는 계기가 마련되었다). 비록 1914년 전쟁이 발발하기 얼마 전까지 유럽의 중심 국가인 프랑스와 프러시아가 전쟁을 치르고 영국이 남아프리카에서 '보어 전쟁'을 치르긴 했지만 1차 대전이 발발하기 전까지만 해도 유럽 국가들에게는 산업의 발전과 식민지 건설, 이에 따른 제국의 운영을 통해 사회 개혁과 과학기술의 발전 그리고 높은 문화와 예술 분야에서의 성취를 통해 '벨 에포크(La Belle Époque, 화려한 시간)'를 향유하던 시절의 여운이 남아 있었다.

　그러나 전쟁이 가져온 유럽 사회의 급속한 변화는 지식인 그룹인 저명한 학자와 엘리트 예술가, 비평가들이 본연의 신분을 망각하고 유럽보다는 자신들 모국의 이익을 위해 충성하고, 집단보다는 개인의 안위를 위해 진력하는 모순을 적나라하게 드러냈다. 교양과 양식 그리고 양심과 도덕이 태생적으로 이미 몸에 밴 듯한, 우아하며 고상한 이전과는 다른 그들의 모습에 대중들은 당황했다. 전쟁 기간 대다수 지식인이 '우리는 순수한데 적들은 사악하다.'는 근원을 알 수 없는 논리로 무장하여 풍요로운 시기에 국경이라는 울타리를 넘어 서로의 높은 문화와 교양을 칭송하던 상대를 악마로 비난했다.

한때 시대를 풍미하던 문학과 예술, 음악과 미술, 철학과 과학 분야에서 내로라하는 고상한 지식인들이 전쟁과 적국 앞에서 놀랄 만큼 일사불란함을 드러냈다. 우리에게도 익숙한 미국의 시인 에즈라 파운드, 여류 무용가 이사도라 덩컨, 독일의 소설가이자 평론가로 노벨 문학상을 받은 작가 토마스 만, 프랑스의 작곡가이자 피아니스트인 클로드 드뷔시, 러시아 출신의 미국 작곡가 이고르 스트라빈스키, 오스트리아의 정신 병리학자이자 정신분석의 창시자인 지그문트 프로이트, 독일의 사회과학자 막스 베버, 독일의 역사가 칼 람프레히트, 프랑스의 철학자 앙리 베르그송 등도 투쟁을 예찬하고 증오를 부추기는 대열에 기꺼이 참여했다. 토인비도 그중의 한 사람이었다. 이들이 보인 행태는 정치인과 기업인들이 보인 모순과 변절을 애교스럽게 보이도록 했으며 일반 대중에게 끼치는 영향력이 단순하지 않고 긴 기간에 걸친다는 사실이 전쟁이 끝난 이후까지 그들을 자책하도록 만들었다.

전쟁 기간 동안 교전국들은 여론 공세와 이념전쟁에 앞장섰는데 역사마저 이념전쟁의 적절한 도구로 활용되곤 했다. 프랑스 태생의 미국 역사학자로 지성계에서 중용과 건전한 비판의 목소리를 대변해 온 자크 바전은 당시 이들 지성인의 행태가 가져온 유럽의 실상을 이렇게 비판하였다.

"독일에 대항하는 연합국의 관점에서 게르만족은 언제나 야만적인 침공 세력으로 과거 로마 문명을 파괴했는가 하면 '힘이 정의를 만든다.'라는 신념으로 이웃 국가들을 농락하는, 절멸해야 하는 탐욕스러운 인종이었다. 이런 독일의 정책에 헤겔과 피히테 그리고 니체와 같은 철학자들마저 정복하는 국가와 군주를 찬양했다.

유럽대륙의 한가운데 위치하면서 이웃의 힘없는 국가들을 침공하여 분열시키고 민족을 재앙에 빠뜨리는 데 기여한 프랑스도 예외가 될 수 없었다. 프랑스가 독일과의 전쟁에서 패배하고 1871년에 베르사유 조약을 체결한 이후 프랑스의 지식인들은 왕정주의자나 민족주의자, 제국주의자 할 것 없이 독일에 대한 복수심으로 국민을 무장시켰는데 여기에도 고상한 지식인의 역할을 빼놓을 수 없다.

일찍이 나폴레옹이 문화와 예술 그리고 식도락을 모르는 '장사꾼의 나라'로 부르던 영국의 상황도 이웃 대륙의 국가들과 다르지 않았다. 토인비를 포함한 섬나라의 지식인들도 자국의 지적 전통을 버리고 자국 체제의 우월성만을 옹호하는 가운데 상대방을 이념적으로나 사상적, 또 문화적으로 비난하면서 비슷한 대열에서 경쟁하였다."

유럽을 파괴한 전쟁은 이렇듯 지식인들의 도덕과 양심을 비껴가지 않았다.

보기 드물게 시대를 휩쓸던 광기에 휩쓸리지 않은 소수의 지식인이 있었는데 대표적인 인물로 프랑스의 극작가이자 소설가이며 음악학자인 로맹 롤랑과 영국의 극작가, 비평가이자 사회사상가인 버나드 쇼 정도를 들 수 있다. 인간의 사악이 문명을 파괴하던 잔혹한 시기에 신념을 지키며 저주와 비난의 돌팔매질로부터 겨우 생명을 부지한 대가로 그들은 후에 각자 노벨 문학상을 받는다. 그 외에도 프랑스 문단의 거성 아나톨 프랑스나 영국의 정치인 램지 맥도널드 등이 은둔생활을 통해 가까스로 신념을 유지했다(램지는 훗날 영국 총리로 정계에 다시 복귀한다).

지난 시절, 편견과 아집으로 우리 사회를 피폐하게 만들었던 시대를 잠시 뒤돌아보자. 정부는 제대로 된 민주주의 국가를 운영했을까. 그들은 정치권뿐 아니라 사회나 시민단체 등에서 인물들을 선발하여 정부 요소요소에 배치하고 월급을 주며 보호했다. 성과를 홍보하고 극대화하기 위해서 자신들을 지지하는 신문과 방송에 대한 지원은 물론 필요한 인물을 데려와 요직에 앉히는 일을 서슴지 않았다. 지지세력의 충성심을 고조시키고 상대방에 대한 적개심을 유지하도록 지역을 가르고, 세대를 가르고, 성별을 가르고, 종교마저 가르는 다양한 전략과 전술도 운용했다. 이런 행태는 보수나 진보정권을 가리지 않았다.

어떤 정책이든 실수는 스스로 용납하지 않고 은폐하거나 위장하는 일도 거리낌 없이 자행했다. 바닷가에 떠 있는 국민의 목숨이 달린 일조차 예외가 될 수 없었다. 그들은 스스로 존엄을 지키며 당당하게 행동했지만 그들의 민주주의를 보면서 공산주의 국가가 떠오른 사람은 비단 필자뿐만이 아닐 것이다. 그들 내부에서는 광기에 휩쓸리지 않는 정치인과 지식인을 찾기 어려웠다. 오로지 자신의 편이 옳다는 점을 부각하고 상대방을 혐오스러운 언어로 비난하고 깎아내리는 전통만 가여운 모습으로 앙상하게 존재했다. 그런 까닭에 국민의 언어도 저급해졌으며 서로 다른 생각을 가진 사람들끼리의 대화가 서로 다른 피부색을 가진 사람들만큼이나 소원해졌다. 그들 사이에서 지식인은 어떤 역할을 했을까. 한 세기 전 유럽 지식인 집단의 모습이 한국 사회에서 그대로 재연되었다.

시대를 횡행하는 문화적, 사상적, 정치·경제적 조류를 일상적인 삶에 매달려 숨 가쁘게 살아가는 평범한 시민들이 제대로 알기는 어렵다. 그런 까닭에 한발 앞서 국제사회의 흐름을 지도자가 파악하여 정책으로 대비하거나 온전하지 않은 사상의 횡행을 지식인들이 연구하여 국민이 휩쓸리지 않도록 하는 것이 그들의 역할이 되는 것이다. 그런데 정치지도자가 무능하거나 의도적으로 사실을 왜곡하여 정책을 수행한다면 그 피해는 오롯이 국민의 몫이 되며 지식인들이 각자의 분야에서 신념을 가지고 임무를 수행하지 못하면 자신들 명성의 추락은 물론 역사 앞에 죄인이 되는 것이다. 우리 사회가 정치인의 책임이나 지식인의 역할에 대해 기대하는 것이 무망한 사회가 되어 버렸지만, 그래도 비록 소수일망정 양심 있는 인물들이 제 역할이라도 해주기를 기대하는 것이 국민의 간절한 소망이 돼서는 안 될 것이다.

우연히 100여 년 전 유럽에서 벌어진 제1차 세계대전의 전후를 살펴보다가 오늘의 현실을 마주한다. 5,000년 역사에서 우리가 마주해 있는 지극히 드문 '벨 에포크', 화려한 순간을 지속하려면 우리는 무엇을 해야 할까. 토인비가 오랜 역사의 연구를 통해 우리에게 던지는 메시지는 '인간은 어떻게 살아가야 하는가.'라는 물음에 대해 27년간의 끊임없는 성찰과 노력 끝에 찾아낸 교훈이 아닐까.

역경을 이겨낸 평범한 천재,
버나드 쇼

쇼는 관념에만 치우치지 않은 실용주의자였으며 사물의 양면을 볼 줄 아는

균형감을 갖춘 실천하는 활동가로 자신이 살았던 사회와 시대를

정확하게 꿰뚫은 지식인이자 비평가이기도 했다.

오래전 영국에 처음 가서 영어를 배울 무렵 같은 집에 세 들어 살던 맥마흔(McMahon)은 매주 금요일 주급을 받은 날에는 저녁에 펍(Pub)에서 맥주 한잔을 같이하자는 말을 새로 여자 친구가 생기기 전까지 잊지도 않고 해댔다. 그는 고향 아일랜드에서 변변한 일자리를 찾지 못해 영국 런던으로 이주해 와서 건축공사장의 주급 노동자로 일하던 중이었다.

맥마흔과 나 둘 모두가 고향을 떠나 타국에 온 외로운 처지에 있던 터라 우리가 흔히 'Fish and Chips'라고 부르는 영국의 대표

적인 서민 음식인 생선과 감자튀김에 맥주 한잔을 겸한 게 전부인 펍에서의 식사는 나름대로 향수를 달래주는 의미 있는 시간이었다. 서로 흉금을 터놓고 얘기할 때마다 다양한 주제에 관한 그의 해박한 지식에 속으로 놀란 적이 많았는데 건축공사장에서 노동자로 일하기에는 어울리지 않을 만큼 수준 높은 것이었지만, 정작 그는 대수롭지 않다는 표정이었다.

어느 날은 아일랜드의 역사를 이야기하다가 강대국에 인접한 약소국이라는 우리나라와 아일랜드의 처지가 비슷하다는 점에 공감하기도 하였고, 그런 결과로 음악이나 문학사조도 비슷한 경향을 띤다는 사실에 놀라기도 했다. 탄압과 기근을 피해 미국으로 이주한 아일랜드인들이나 일제의 탄압을 피해 만주나 혹은 멀리 미주 대륙으로 이주한 우리 선조들의 처지가 크게 다르지 않은 것도 알았다.

지금은 아일랜드도 영토가 분리되어 있어서 거주인 다수가 아일랜드계 사람들임에도 불구하고 북아일랜드는 영국령으로 편입되어 있는 현실도 남북한으로 갈라진 우리와 비슷하다(우리가 알고 있는 영국(United Kingdom, UK)은 잉글랜드, 웨일스, 스코틀랜드와 북아일랜드 4개의 지역으로 구성된 연합왕국이다).

하루는 그동안 나눴던 이야기를 기억하면서 근현대사를 포함한 역사와 사회제도, 경제문제, 여성의 권리 그리고 거기에 관련된 인물들의 활동 등을 아우르는 그의 지식을 칭찬하며 어떻게 학습하였는지를 물은 적이 있었다. 그는 자신의 오른손 검지를 들어 좌우로 흔들며 가당치도 않은 말이라며 버나드 쇼를 생각해 보라고 말했다.

그리고 자신의 지식은 어릴 적부터 꾸준히 독서하고 생각하는 습관 속에서 얻어진 것일 뿐이며 자신은 아일랜드 사람들의 그저 평균치에 지나지 않는 수준이라며 겸손해했다. 그러면서 그는 비록 어려운 처지라 하더라도 목표를 위해 꾸준히 노력하면 좋은 시절이 올 거라는 상식적인 믿음을 포기하지 않고 지낸다고 했다. 그것이 신이 우리 인간들을 외면하지 않게 하는 방식이라며…….

사람들은 살면서 얼마나 다양한 분야에서의 성취가 가능할까? 대부분 사람이 한 가지도 채 이루지 못하는 인생의 목표를 어떤 이는 부러움과 존경의 대상이 될 만큼의 큰 성과를 낸다. 인간은 모두 균등하게 하루 24시간을 갖지만 그들의 타고난 재능과 그칠 줄 모르는 노력의 성과는 어느새 평범한 사람에 비해 저만큼 앞서 있다.

그런데 어떤 이의 성공사례는 주변의 도움이나 협조 그리고 가족 구성원의 지원과 집안이 보유한 자산의 배경이 성취의 꽤 큰 몫을 차지하는 경우가 있어서 공정한 평가를 받기 어렵다. 심지어 작위적으로 마치 꽤 능력이 있는 인물인 듯 만들어 내는 경우도 빈번해서 공감을 얻기 어려운 경우도 많다. 그러나 특별한 것 없는 배경 속에서 스스로의 노력으로 성과를 냈다면 얘기가 달라진다.

조지 버나드 쇼(George Bernard Shaw, 1856. 7. 26.~1950. 11. 2.)는 역경 속에서 불굴의 노력을 통해 명성을 얻은 인물이다. 셰익스피어가 잉글랜드를 대표하는 극작가로 사랑과 존경을 받는 인물이라면 쇼는 아일랜드 국민으로부터 셰익스피어 못지않은 무한한 사랑과 존경을 받는 아일랜드를 상징하는 인물로 평가받는다. 버나드 쇼는 아일랜드 태생이지만 청년기부터 생애 대부분을 잉글랜드에서 활동하였으며 셰익스피어 이후 가장 위대한 극작가로 불린다.

당시 유럽의 주류사회에서 변방쯤으로 인식되던 아일랜드의 수도 더블린에서 태어난 쇼는 어린 시절 부친의 사업 실패로 가세가 몰락하여 기본 교육과정만 겨우 마치고 영국으로 건너와서는 특별할 것 없는 일에 종사했다. 그런 가운데 일이 없는 날에는 대영박물관 내의 열람실에서 대부분 시간을 책을 읽고 글을 쓰며 보냈다. 그는 일생을 살면서 견디기 어려울 만큼의 힘든 여건 속에서 지대한 성과를 낸 인물이었는데 든든한 후원자나 특별한 배경 없이 오로지 스스로의 꾸준한 노력과 성찰로 문학, 도덕, 철학, 정치 논설, 종교, 심지어 음악 평론 분야에서 영향력을 발휘하면서 세계적인 작가로, 또 사상가로 성장했다.

쇼는 극작가 겸 소설가이자 수필가, 비평가로서 평생 60여 편의 희곡도 썼는데, 1925년에는 작품《성녀 조안, Saint Joan》으로 노벨 문학상을 수상할 만큼 뛰어난 재능의 소유자였다. 그런 그의 노력과 헌신에 답이라도 하듯이 아일랜드 사람들은 고난을 극복하고 위대한 결실을 이뤄낸 그를 '아일랜드의 보물'로 칭송한다.

쇼는 관념에만 치우치지 않은 실용주의자였으며 사물의 양면을 볼 줄 아는 균형감을 갖춘 실천하는 활동가로 자신이 살았던 사회와 시대를 정확하게 꿰뚫은 지식인이자 비평가이기도 했다. 그는 사회개혁가로 당시 왕실이 중심이 된 사회와 제도 그리고 문화적인 실체를 단속하고 검열하려는 시도를 거침없이 비판하였고, 계몽과 개혁을 통한 이념 실천을 활동 방법으로 선택한 온건한 좌파 단체인 '페이비언 협회(Fabian Society)' 소속의 사회주의자로 노동운동에도 관심을 가졌다.

또한 여성의 평등한 권리를 위해 현모양처를 강요하는 빅토리아 시대의 낡은 가치관에 반기를 들기도 했는데 실제 생활에서뿐만 아니라 소설《바람둥이, The Philanderer》같은 많은 작품 속에서 여성의 권익을 대변하기도 하였다. 그는 제1차 세계대전 기간 유럽의 수많은 지식인이 이념전쟁에 동원되어 적국에 대한 무분별한 적개심을 불태우는 광기에 휘말렸을 때도 상식적이지 못한 여론을 반대하며 대다수 국민의 비난에도 불구하고 신념을 고수한 드문 지성인이었다.

1904년에 발표한 작품《인간과 초인, Man and Superman》에서 돈 주안이 악마에게 하는 말 중 일부인 아래 대목은 그가 특별히 관심을 가졌던 종교와 철학 그리고 도덕을 아우르는 내용으로 120년이 지난 오늘날에도 인간사회에 온전히 적용하는 데 무리가 없을 만큼 핵심을 찌르는 버나드 쇼다운 냉철함과 풍자를 느끼게 하는 문장으로 유명하다.

"네 친구들은 신앙이 없다. 신도석만 차지할 뿐이다. 윤리도 없다. 타성에 젖어있을 뿐이다. 지조도 없다. 겁쟁이일 뿐이다. 심지어는 악인도 못 된다. 심약할 뿐이다. 예술도 모른다. 욕정에 눈이 멀었을 뿐이다 성공한 것도 아니다. 그저 돈이 많을 뿐이다. 용기도 없다. 티격태격할 뿐이다. 주인 의식도 없다. 그저 위세나 부릴 뿐이다."

그러나 그의 유토피아적인 정신은 현실을 견디지 못했고, 쇼는 공허한 구호로 기만하는 습관과 야만적인 본성을 극복하지 못하는 인간의 무능력에 절망하기도 하였다. 그런 가운데서도 쇼는 촌철살인의 유머를 잊지 않는 삶을 지속했는데 유럽에서 제1차 세계대전을 전후하여 사회진화론과 맞물려 호전주의를 자극한 '우생학' 논쟁이 한창일 때 천재로 손꼽히던 쇼에게 미모를 갖춘 미국 출신의 무용수 이사도라 덩컨의 "내 얼굴과 당신의 머리를 물려받은 아이가 태어나면 근사하겠지요?"라는 말에 "아니요, 내 얼굴과 당신의 머리를 물려받은 아이가 태어날 수도 있겠지요."라고 대답한 것은 우리에게도 잘 알려진 이야기다.

맥마흔이 필자와 헤어진 이후에 버나드 쇼처럼 훌륭한 인물로 성장했는지는 알 수 없다. 다만 가족들과 이별하고 고향을 떠나 비록 공사장에서 힘들게 일하는 주급 노동자 신분으로 어려운 환경 속에서 살아가면서도 쇼 같은 입지전적인 인물을 항상 머릿속에 새겨두고 자신의 신념처럼 하루하루 최선을 다하는 삶을 살았을 거라는 데는 조금의 의심도 없다. 변방의 작은 국가 태생으로 특별한 배경 하나 없이 자신만을 의지한 채 타국을 떠도는 운명을 가진 아일랜드 사람들에게 런던에서의 버나드 쇼처럼 자신을 부단히 채찍질하며 최선을 다하는 것 외에 또 다른 무엇을 기대할 수 있었겠는가.

역경을 이겨낸 평범한 천재였던 버나드 쇼는 신이 자신에게 부여해준 재능으로 전 세계의 많은 사람에게 앞길을 밝혀주는 등불의 역할을 성실히 수행하고 94세의 나이에 신의 부름을 받았다.

원문이 "I knew if I stayed around long enough something like this would happen."으로 흔히 우리가 "우물쭈물 살다 이렇게 끝날 줄 알았지."로 알고 있는 버나드 쇼의 묘비명은 우리나라에서 오역된 것으로 알려져 있다. 그것을 전문가들은 이렇게 번역하고 있다.

"정말 오래 버티면(나이 들면) 이런 일(죽음)이 생길 줄 내가 알았지."

"나는 알았지. 무덤 근처에서 머물 만큼 머물면 이런 일(무덤으로 들어가는 일)이 일어나리라는 것을."

각자 판단해 보시길 바란다.

에릭 홉스봄 –
역사학자들을 가르친 역사 교수

소련을 거침없이 비판하거나 터무니없는 파업을 주도한 영국 내의 비타협적인

강경노조를 비판하기도 하였고, 현실의 변화를 인정하지 않는

맹목적인 운동권에 대해서도 비난을 서슴지 않던 그는 좌파진영 내에서도

강경한 반골로 명성이 높았다.

매주 수요일 저녁이면 어김없이 그가 나타났다.

불편한 몸으로 낡아 겉이 해진 커다란 가방을 들고 그는 긴 타원형 책상 가장자리에 앉았다. 참석자 모두가 그의 고정 좌석으로 인정하는 자리였다. 그가 착석해서 한숨을 돌리고 가방에서 메모지 파일을 꺼낸 후 펜을 들면 비로소 사회자가 회의의 시작을 선언했다. 그것이 모임의 전통처럼 느껴졌다.

학기 중 매주 수요일 오후 5시에 런던대학 중앙도서관이 위치한 세네트 하우스(Senate House) 4층에서는 런던대학 역사연구

소(Institute of Historical Research)가 주관하는 '현대 영국사 (Contemporary British History) 세미나'가 정기적으로 개최되었다. 말이 영국 현대사 세미나라곤 하지만 산업혁명의 등장과 대영제국의 형성같이 과거에 국제사회에서 영국의 영향력이 적지 않았던 데다가 지금도 유엔은 물론 미국, 영연방, 유럽에서의 입지가 결코 무시할 수 없는 존재이니만큼 영국과 관련된 다양한 국제적 이슈들이 세미나 주제로 등장했다. 모임에는 학자들과 외무성, 국방성 등 정부 부처에서 온 현직 관료들이 참석해서 약 두 시간에 걸쳐 진행되는 발표와 토론 시간에 적극적으로 의견을 피력했다.

세미나 주제는 다양했는데 영국 현대사뿐만 아니라 영국과 미국의 '특별한 관계(Special Relationship)', 전통적인 영-불-독 관계, 영국-아일랜드 관계, 영국과 유럽연합(EU), 영연방(The Commonwealth), 영국-러시아 및 영국-중국 관계, 영국과 아프리카, 영국과 중동지역 관계 등 다양한 지역 현안들이 역사적 사실의 바탕 위에서 진지하게 논의되면서 미래 관계를 논하는 장이 되었다. 그뿐만 아니라 석유, 농업, 환경, 인구, 기후, 이주민 문제 등 영국이 당면하고 또 헤쳐나가야 할 중요한 요소들에 대한 전문가의 발표와 토의도 수시로 논의의 장에 올라오곤 했다.

늦은 시간임에도 불구하고 영국 내외에서 명성을 떨치는 학자와 전문가들이 자발적으로 현대사연구소에 연회비를 내면서 회원으로 등록하고 시간이 허락하는 대로 더 배우려는 열정을 갖고 참석했다. 필자는 영국정치를 공부하는 박사과정 학생이라는 지도교수의 추천으로 모임에 참석할 수 있었는데 원탁 테이블 뒤편에 마련된 의자에 앉아 위대한 인물들의 진지한 논의의 장을 참관하고 학습하는 광경을 매주 목격할 수 있었다.

저녁 시간에 진행되는 모임이지만 식사는 제공되지 않았다. 따라서 개인적으로 샌드위치를 가지고 온 학자들은 조심스럽게 한 입 떼어 입을 오물거리면서 허기를 채웠다. 모임에서 유일하게 제공되는 게 타원형 쟁반에 적당히 담긴 작은 비스킷이었는데 토론 도중에 이 쟁반이 큰 원탁 테이블에 앉은 참석자들 앞으로 전달되면 대개 두세 조각씩을 꺼내 자기 앞에 놓인 메모지나 노트 위에 올려놓고 토론이 진행되는 가운데 조심스럽게 먹는 장면이 이채로웠다. 작은 쟁반을 먼저 받은 사람이 비스킷을 한 움큼 집을 수가 없는 게 너무 욕심을 내면 다른 사람에게 빈 쟁반이 갈 수 있으므로 가끔은 곁눈질을 해가며 비스킷을 집는 걸 고민하는 모습을 보는 것도 재미있는 광경이었다. 이들이 국제정치와 역사학 분야에서 세계적으로 명성이 있는 학자들이라는 게 실감 나지 않았다.

필자가 도서관에서 공부를 하다가 세미나 참석을 위해 1층 계단 앞에 서는 시간도 4시 45분으로 거의 일정했다. 그리곤 승강기가 없는 오래된 건물인 탓에 4층까지 걸어 올라갔는데 가끔 2층이나 3층 계단에서 만나는 노학자가 있었다(영국에서는 1층을 Ground Floor, 우리가 통상 2층으로 부르는 것을 1st Floor라고 부른다. 따라서 영국에서 4층(4th Floor)은 우리의 5층에 해당한다). 어느 날은 필자가 가방을 들어주겠다고 제안을 한 적이 있는데 그는 정중하게 거절했다. 또 어느 날인가는 힘들게 계단을 올라가는 그에게 부축이 필요하냐고 물은 적이 있었는데 그는 또 싱긋 웃으며 거절했다. 그는 색이 바랬지만 질겨 보이는 오래된 상의를 즐겨 입었고 늘 낡고 커다란 가방을 들고 있었다.

특이한 것은 세미나가 종료될 무렵이면 사회자가 항상 그에게 마지막 코멘트를 요청했다는 사실이다. 그러면 그는 불편해 보이는 한쪽 눈을 찡그려 가며 작은 목소리로 그리 길지 않은 얘기를 했는데 필자에겐 거의 들리지 않는 정도의 목소리였다. 그가 말하는 중간이나 혹은 말을 다 마친 후에 많은 사람이 공감한다는 의미의 눈길을 보내곤 했는데 세미나 참석 초기에 필자는 그가 누군지 정말 궁금했었다. 얼마가 지난 후 나는 힘겹게 계단을 오르내리며 누구의 도움도 원치 않던, 또 세미나 중에 그리 크지 않은 손으로 바구니에서 다른 사람들보다 더 많은 비스킷을 움켜쥐던, 그리고 항상 마지막 코멘트를 하며 세미나를 마무리하던 그의 정체를 알게 되었다.

어느 날 옆에 앉아있던 같이 박사과정을 공부하는 동료 학생에게 내가 물었다.

"저분은 도대체 누구야?"

그가 조금 놀라는 얼굴로 다시 내게 물어 왔다.

"저 사람이 누군지 진짜 몰라?"

"응. 모르겠는데."

"에릭이야. 에릭 홉스봄(Eric Hobsbawm)."

대답을 듣고는 오히려 내가 놀랐다.

그가 바로 '마르크스주의 역사학자'로 우리에게 알려진 에릭 홉스봄이었다.

비슷한 분야에서 일하는 사람들끼리만 아는 전문가를 두고 요란을 떤다고 비웃어도 어쩔 수 없다. 그렇지만 우리나라 아마추어 청소년 축구선수가 맨체스터 유나이티드의 전설 알렉스 퍼거슨 감독을 직접 만나거나 컴퓨터를 공부하고 싶은 학생이 생전의 스티브 잡스를 만났다고 상상해 보면 이해가 될까. 외국 어느 나라의 영화전공 학생이 눈앞에서 봉준호 감독을 직접 만나 잠깐이나마 대화를 나누었다고 해도 좋겠다.

에릭 홉스봄은 누구인가?

홉스봄은 20세기를 대표하는 마르크스주의 역사학자로 아무도 그가 '역사학자들을 가르친 역사 교수'라는 점을 부인하지 않는다. 전 세계 역사학자 중 그의 방대한 지식과 논리에 영향을 받지 않은 학자는 사실상 없다고 해도 과언이 아니다. 그의 전공은 역사학 분야를 뛰어넘었고 그의 명성은 영국, 유럽과 미주 대륙을 포함해 전 세계에 걸쳤으며, 그의 연구는 폭넓은 시각으로 인류사적 전 영역에 걸쳐 철저한 사료 분석을 통해 역사 탐구에 한 획을 그었다. 따라서 학자들뿐만 아니라 인문학을 통해 세상을 이해하고 싶은 사람들에게 그의 공적은 평가받기에 부족함이 없다.

1917년 이집트 알렉산드리아에서 영국인 아버지와 오스트리아계 어머니 사이에서 태어난 그는 오스트리아 빈과 독일의 베를린에서 성장한 후 히틀러가 집권한 1933년 런던으로 이주하여 케임브리지대학에서 역사학을 공부한다. 대학 시절인 1936년 19살의 나이에 영국 공산당에 가입한 이래 제2차 세계대전 후 헝가리 침공을 포함해서 동유럽국가의 공산화를 추구한 구소련에 실망한 좌파 지식인들이 잇달아 전향하는 가운데서도 그는 당적을 유지한다. 따라서 학자로서 그의 입지는 자연스럽게 좁아질 수밖에 없었다.

그는 1950년에 박사학위를 받았지만, 공산당원의 자격이 문제가 되어 1970년이 되어서야 비로소 런던대학 버백칼리지(Birkbeck College)의 정교수가 되었다. 역사학 교수로 연구와 강의를 지속하는 가운데서도 그는 자신의 전력과 신념으로 인해 평생을 영국 정보기관인 보안정보국(MI5)의 감시 대상이 되었다.

그가 공산당원으로서 당적을 떨쳐버리지 못한 배경으로는 다양한 해석이 있다.

"당을 버리는 것이 다른 이득을 얻으려는 것으로 오해받을지도 모른다는 두려움"이라거나, "한때 공산주의자였다가 광신적인 반공주의자로 돌아선 무리와 같은 부류가 된다는 사실은 역겨운 일"이라는 고백을 그가 했다는 등의 견해가 존재한다. 하지만 공산주의 종주국 소련을 거침없이 비판하거나 터무니없는 파업을 주도한 영국 내의 비타협적인 강경노조를 비판하기도 하였고, 현실의 변화를 인정하지 않는 맹목적인 운동권에 대해서도 비난을 서슴지 않던 그는 좌파진영 내에서도 강경한 반골로 명성이 높았다. 단지 좌파 역사학자라기보다는 인류사회의 진리와 상식에 대한 견고한 신념이 홉스봄의 속에 있었다.

역사에 대한 그의 해석은 현대 인류가 직접 체험하며 겪어온 정치와 경제적 요인은 물론, 사회와 문화, 예술과 종교 등 다양한 방면에 걸친 거시적이고 종합적인 시도로 그 가치를 발한다. 그는 이런 연구의 바탕 아래서 우리에게도 잘 알려진 프랑스혁명 이후 산업혁명을 거치면서 국제사회의 급격한 사회변동을 추적하여 세계적인 베스트셀러가 된 역사서들을 연작으로 발간하였다.

그는 1962년《혁명의 시대, the Age of Revolution; 1789~1848》발간을 시작으로《산업과 제국; Industry and Empire》(1968년),《자본의 시대, the Age of Capital; 1848~1875》(1975년),《제국의 시대, the Age of Empire; 1875~1914》(1987년)에 이어 제1차 세계대전부터 갑작스러운 소련제국의 붕괴가 이루어진 1991년까지를 배경으로《극단의 시대, the Age of Extreme, 1914~1991》(1994년),《역사론, On History》(1997) 등을 저술하면서 학자로서 세계적인 명성을 갖게 된다.

어느 역사학자가 이렇듯 현대사를 일목요연하면서도 체계적으로 해석하고 종합할 수 있을까. 그의 연구는 은퇴 이후에도 멈추지 않고 빛을 발했다.《제국의 시대》와《극단의 시대》는 은퇴 이후에 저술한 작업의 결과물이었으며, 그는 영국 아카데미와 미국 아카데미의 특별회원과 런던대학의 명예교수로 오랜 기간 연구와 강연 활동을 지속했다. 94세인 2011년에 마르크스주의를 회고하는《세상을 어떻게 바꿀 것인가, How to Change the World;

Tales of Marx and Marxism》라는 에세이집을 출간한 후 이듬해인 2012년 95세의 나이에 폐렴으로 세상을 떠나기까지 그는 평생을 신념과 이상을 추구한 성실한 학자로서의 면모를 유지했다.

그가 영면에 든 지도 벌써 10년이 넘었다.

그는 생전에 많은 사람 앞에서 얘기하고 싶어 했다. 그러나 사회는 종종 그를 외면했고 오해했으며 축이 기울어진 한쪽에서의 생활만 허락했다. 학문의 세계도 예외는 아니었다. 그럼에도 불구하고 그의 견해를 추종한 후학은 많지 않을지 모르지만, 그의 학문적 업적에 빚을 지지 않은 학자는 그리 많지 않다. 그가 일생을 헌신한 인류 역사에 관한 연구는 종합적이든 혹은 미시적이든 앞으로도 지속될 것이다.

비록 몸과 마음의 허기 속에 힘든 유학 시절이었지만 에릭 홉스봄이라는 지성을 만날 수 있었던 것은 내 인생에서 커다란 행운이었다. 국가의 현재를 진단하고 미래를 준비하는 석학들의 모임에서 겸손하고 소박한 모습으로 홉스봄이 보여준 진지한 자세와 학문적 열정은 영국 사회의 학문적 전통과 올바른 역사가 어떤 모습으로 나아가야 하는지를 알려주는 좌표가 아니었나 싶다. 그리 길지 않은 기간이었지만 그가 특별히 좋아하는 비스킷이 무엇인지를 목격한 학생이었다는 것도 필자에겐 소소한 자부심이다.

조앤 롤링 –
절벽의 가장자리에 서 있던 무명작가

'무일푼에서 거부로(Rags to Riches)'가 그녀의 성공을 나타내는 상징어가
되었다. 해리포터 시리즈는 완결까지 전 세계 70여 개 언어로 번역되어
5억 부 이상이 판매되었고 출간 직후부터 9년간 약 308조 원에 달하는
수익을 냈다.

날씨에 관한 한 특별히 할 말이 없는 영국인들에게 이베리아반
도로의 여행은 조금 특별하다. 늘 잔잔한 비와 음습한 환경, 그에
어울리는 우울한 표정들. 그래서 자연의 따뜻함이 그리운 그들에
게 온화한 기후와 아름다운 자연환경을 가진 햇볕이 풍부한 남부
유럽의 스페인과 포르투갈로의 여행은 계획을 짤 때부터 마음이
설렌다.

햇볕에서 잘 익은 포도주의 향긋함. 지중해식 채소가 풍부한 식
탁, 게다가 다양한 생선과 자연에서 키운 넉넉한 양의 육류까지.

스페인의 수도 마드리드나 바르셀로나와 빌바오 같은 해안을 끼고 형성된 도시나 마요르카섬은 말할 것도 없고 포르투갈의 수도 리스본과 서부의 포르투(Porto)와 남부의 라고스나 파로 같은 항구도시에서 머무는 여행은 건조한 영국 사람들의 생각을 상큼하게 바꾸어주기도 하고 덤덤한 표정을 미소 짓게 만든다.

조앤 롤링(Joanne K. Rowling)의 포르투갈 여행은 다른 사람들처럼 가슴 설렜다. 첫 직장인 국제인권단체인 앰네스티(Amnesty International) 런던지부에서 통·번역을 담당하는 비서로 근무하는 중에 업무시간에 소설을 쓰다가 들켜서 해고되었다. 글 쓰는 습관은 작가 지망생에게 떼어놓고 생각할 수 없는 일상이었나 보다. 이후 변변한 직업이 없이 지내다가 광고를 보고 포르투갈로 모국어인 영어를 가르치러 떠났던 여행이니 부담이 큰 것도 아니었다. 넓은 대서양을 끼고 있는 이름 그대로 항구도시인 포르투에서 롤링은, 밤에는 영어를 가르치고, 낮에는 차이콥스키의 바이올린 협주곡을 즐겨들으며 글을 썼다.

혼자 떠나서 3년여 만에 둘이 돌아왔으니 그녀의 여행은 조금은 특별했다. 그런데 스토리가 우리의 예상을 벗어난다. 혼자였던 출국과 달리 롤링의 귀국 비행기에는 생후 4개월이 된 딸 제시카(Jessica)가 있었다. 3년여 머물던 포르투에서 만난 포르투갈 국적의 남편 조르주 아란테스(Jorge Arantes)와는 결혼 13개월 만에 별거에 들어가면서 귀국했는데 결혼 2년 후인 1994년 8월에 공식적으로 이혼한다. 사유는 남편의 빈번한 구타와 학대.

귀국 후에는 친정이 있는 글로스터셔(Gloucestershire)가 아닌 여동생이 살고 있는 스코틀랜드의 수도 에든버러(Edinburgh)에 정착했다. 친정으로의 귀소본능이 강한 우리네 여인들과는 조금 달랐다. 그곳에서 롤링의 절박한 삶이 시작되었다. 이혼녀, 싱글맘, 아이 양육, 가장으로서의 경제적 어려움……

잉글랜드 서남부 명문 엑시터대학(Exeter University)에서 불문학을 전공하고 글 쓰는 데 재능이 있던 롤링이 직업을 구하는 것은 그리 어려운 일은 아닐지 모르지만 홀로 아이의 양육과 일을 병행하는 것은 쉬운 일이 아니었다. 이 기간 힘든 생활로 인한 좌절로 그녀는 우울증을 앓았고 자살을 고민하기도 했다. 다행히 사회보장제도가 발달한 영국에서 싱글맘을 그냥 굶게 놔두지는 않았다. 극빈자 가정에 지급되는 수준의 정부 보조금이 겨우 살아가는 유일한 수입원이 되었다. 그런 여건 속에서 롤링은 집 근처 카페를 전전하며 글을 썼다.

평범한 영국 사람들의 식사는 정말 간단하다.

아침에는 시리얼에 잼과 땅콩버터를 바른 토스트와 삶은 달걀 하나, 그리고 커피 한잔, 점심에는 햄과 치즈가 들어간 토스트, 혹은 감자에 열십자를 내서 그 안에 버터와 새우, 버터와 치즈, 혹은 버터와 으깬 달걀과 삶은 옥수수를 넣어 오븐에 구운 '재킷 포테이토(Jacket Potatoes)'라고 부르는 감자요리와 티 한잔, 저녁에는 삶은 채소와 으깬 감자 그리고 스테이크를 먹거나 종종 라사냐, 스파게티, 파스타 등을 소금과 후추만 달랑 뿌려 먹는다. 음료는 오렌지 주스를 조금 마시지만 대개 잉글리시 티(English Tea)가 전부다. 이렇게 매일 먹는다. 세상 주부 중에 영국 주부가 제일 쉽지 않을까 싶다. 아프리카만 해도 움막에서 불을 피우는 것을 식사 준비의 시작으로 하는 풍경과 비교해 보니 그런 생각이 든다.

롤링이 받은 정도 금액의 보조금이면 고기를 먹는 식단을 빼면 기본적인 식단으로 아주 빠듯하게 생활한다. 옷은 사계절의 온도차가 그리 크지 않으니 젊은이들은 반팔 셔츠에 스웨터 류의 상의와 청바지 하나면 사계절을 거뜬히 지낼 수 있다. 더우면 벗어서 어깨나 허리에 두르고 추우면 다시 입으면 된다. 다행히 아이의 우윳값 정도의 보조금이 별도로 나오니 롤링이 단골로 들르던 카페에서 티나 커피 정도는 마실 여력이 겨우 되었을 것이다. 거기에서 롤링은 글을 썼다. 몸으로 하는 일이 맞지 않았으니 유일하게 재능이 보이던 글 쓰는 일에만 매달렸다.

1990년 첫 직장인 앰네스티에서 근무 중 맨체스터에서 런던으로 가는 기차의 출발이 지연되었을 때 떠올랐던 생각이 작품의 근원이 되었다. 이후 어머니의 죽음, 첫아이의 탄생, 남편과 이혼, 경제적인 궁핍 등의 시련과 고통의 시간을 가까스로 견디며 7년 후인 1997년 첫 작품인 《Harry Potter and the Philosopher's Stone》이 탄생한 것이다. 그것도 12개 출판사에서 출판을 거절당한 이후다.

애매한 현실 속에서 '글을 쓰면서 성공한 삶을 살 수 있다.'라는 사고가 얼마나 무모한 것인지 경험이 있는 사람은 안다. 그녀의 일상이 얼마나 절박한 심정이었을지 짐작이 된다.

롤링의 성공 스토리는 이제 우리가 잘 아는 신데렐라의 이야기가 되었다. '무일푼에서 거부로(Rags to Riches)'가 그녀의 성공을 나타내는 상징어가 되었다. 해리포터 시리즈는 완결까지 전 세계 70여 개 언어로 번역되어 5억 부 이상이 판매되었고 출간 직후부터 9년간 약 308조 원에 달하는 수익을 냈다. 같은 기간 우리나라의 간판산업인 반도체 수출보다 77조 원을 더 벌어 1.3배 더 큰 수익을 내기도 했다니 제대로 구성된 탄탄한 문화콘텐츠가 고부가 가치를 창출할 수 있다는 진면목을 제대로 보여준 셈이다.

덕분에 롤링은 〈포브스〉 선정 세계 여성부호 1위에 오른 적이 있었고(그 후 순위가 내려간 적이 있었는데 이유로 그녀가 평소 관심을 갖고 있던 한 부모 가정, 고아, 병약한 어린이 돕기, 성 소수자의 인권 등 자선단체에 거액의 금액을 기부한 게 이유라고 한다), 왕실로부터 훈장과 작위를 받으며 지금까지 영향력이 있는 여성으로 손꼽힌다.

영국은 세계적인 출판 강국이다. 세계적으로 명성이 있는 영국 작가를 손꼽는 것은 무의미한 일이다. 셰익스피어부터 제인 오스틴, 찰스 디킨스, 버지니아 울프, C.S. 루이스, D.H. 로렌스, 서머셋 몸, 브론테 자매, 제프리 초서, 조지 엘리엇, 조지 오웰, 조지프 콘라드, 러디어드 키플링, 로알드 달, 올더스 헉슬리, 알랭 드 보통, 이언 플레밍, 일리어 골딩, 존 르 카레 등 얼핏 생각나는 소설가들만 해도 셀 수 없을 정도다. 드 보통은 스위스에서 태어났지만, 영국에서 자란 소설가이다.

영국의 출판 산업은 우리의 예상을 벗어나 영화나 음악 산업보다 그 규모가 크다. 출판 산업은 세계의 공용어가 된 영어를 바탕으로 국내외 시장에서의 성공을 통해 작품성, 제작 능력, 홍보 및 판매력 등에서 다른 국가들과는 비교할 수 없는 뛰어난 경쟁력을 갖고 있다.

게다가 출판 산업을 영화나 연극, 음악, 미술, 뮤지컬, 발레 등 다른 문화 예술 분야로 연계하는 뿌리로 인식하면서 창의적인 발상을 통해 다시 새로운 산업으로 재탄생시키는 효율적인 운영을 자연스럽게 도모한다. 영국의 출판 산업이 한 가지 콘텐츠의 성공을 그 분야에서 그치지 않고 수백, 수천 가지의 상품으로 재탄생시킬 수 있는 창의적인 역량을 갖추고 있기 때문에 작품의 성공이 가능한 것이다.

학기 내내 학교도서관에서 독서대에 두꺼운 소설책을 올려놓고 양손의 엄지와 검지로 한줄 한줄 짚어 내려가며 심각한 표정으로 독서하던 영국 친구가 생각난다. 존스(Johns)라는 이름의 친구는 독서에 집중하느라 늘 마른 건조한 토스트를 입에 물고 옆에 작은 페트병 다이어트 코크(Diet Coke)를 마시며 종일 책을 읽던, 영문학을 전공하는 잉글랜드 중부 셰필드 출신이었다 (셰필드(Sheffield)는 영화 '풀 몬티(The Full Monty)'의 배경이 되는 제강과 석탄 산업으로 유명한 잉글랜드의 대표적인 중공업 도시이다).

금발과 갈색이 섞인 머리에 키가 훤칠하고 얼굴에는 주근깨가 조금 남아 있는 초록색 눈빛을 가진 사려 깊고 순수한 친구였다. 그는 문학을 전공하는 자신의 처지를 종종 힘들어했다. 뛰어난 작가로서의 재능은 안보이고 그렇다고 다른 분야에 관심이 있는 것도 아니라고 했다. 졸업 후 진로는 누구에게나 막연한 법이니 그저 주어진 시간에 열심히 공부나 하자고 위로하면서 그래도 '너희는 영어를 가르치며 세상여행을 할 수 있으니 얼마나 좋으냐.'라며 부러움을 표하기도 했다.

이제는 힘든 시절을 구름처럼 멀리 떠나보내고 세계적인 작가로, TV와 영화 제작자로, 자선가로, 또 재혼하여 꿈꾸듯 행복한 삶을 살고 있는 조앤 롤링의 신데렐라 스토리가 오늘도 좁은 공간의 작은 책상 위에서 창작 의지와 열정을 불태우는 많은 이들에게 반향의 거울이 되길 기원한다.

그리고 내 착한 친구 Johns에게도.

존 르 카레(John le Carre)와
영국의 스파이 소설

그의 작품들은 전 세계 36개국 언어로 번역 출간되어 세계적인 독자층을

갖게 되었으며 대부분 작품은 공전의 히트를 기록하면서

영화나 TV 드라마로도 제작되었다.

영국 정보부 출신으로 스파이 소설을 본격적으로 문학적 궤도에 올린 존 르 카레가 타계했다. 사인은 폐렴. 그의 나이 89세. 존 르 카레는 필명이고 데이비드 존 뮤어 콘월(David John Moore Cornwell)이 본명이다.

1931년 영국 도싯(Dorset)주의 항구도시 풀(Poole)에서 출생한 르 카레는 사기꾼으로 감옥을 드나든 아버지와 자식을 버리고 다른 남자를 쫓아 가출한 어머니 그리고 감옥에서 나온 아버지 밑에서 성장한 가족 배경 등으로 불우한 유년 시절을 보냈다.

도싯의 서본(Sherborne)에 있는 고등학교를 중퇴한 후에는 스위스로 건너가 베른대학교에서 언어에 대한 흥미를 발판으로 독일어와 문학을 전공하였고 영국으로 돌아와 1956년 현대 언어학 전공으로 옥스퍼드대학의 링컨칼리지를 우등으로 졸업한다. 대학 졸업 후 1958년까지 명문 사립학교인 이튼칼리지에서 잠시 독일어를 가르쳤는데 이때 영국 교육제도가 사회적으로 부적절하다는 회의를 느낀다.

스위스에서 배운 유창한 독일어와 옥스퍼드대학을 우등으로 졸업한 르 카레는 자연스럽게 영국 정보기관의 주목을 받았다. 비밀 정보부에 채용된 르 카레는 1959~1964년 기간 동안 '제임스 본드(James Bond)'로 유명한 영국 비밀정보부(MI6)에서 일하며 냉전 기간 자신의 모국 영국을 위해 첩보 활동을 수행한다.

군 복무 기간에 오스트리아 주둔 영국군의 정보장교로 활동한 경험을 포함하여 본인은 부인하지만 〈뉴스위크〉지가 밝혀 보도한 영국 보안정보국(MI5) 소속의 비밀요원으로 유럽에서 활동한 젊은 시절의 경험은 그의 머릿속에 깊숙이 각인되었다.

영국의 비밀 정보요원으로 독일의 베를린 장벽을 둘러싸고 벌이는 생사를 건 치열한 첩보 활동, 냉전 기간 비현실적이랄 만큼 현실적인 영국과 러시아 간 수많은 이중간첩 사건, 맥밀런 총리의 퇴진을 가져온 '프로퓨모 스캔들' 같은 긴장감 넘치는 스파이 활동에 대한 관찰과 다양한 경험은 첩보소설을 쓰는 배경은 물론 스파이 소설의 훌륭한 소재가 되었다.

르 카레는 현역시절에 런던 북부 버킹험셔에 있는 자택에서 직장인 런던의 보안정보국으로 출퇴근 하는 기차 안에서 처음 소설을 쓰기 시작했다. 그 결과 1961년에 첫 번째 첩보물인 《죽은 자에게 걸려온 전화》가 출간되었고, 이듬해에 두 번째 작품 《고귀한 살인》을 출간한다.

1963년에는 세 번째 작품 《추운 나라에서 돌아온 스파이》가 발표되었는데, 그는 이 작품으로 세계적인 작가로 주목을 받게 된다. 평론가들은 이 스파이 소설이 얀 플레밍(Ian L. Fleming)이 탄생시킨 제임스 본드 소설에 대한 한층 성숙한 응답이 될 거라며 칭찬을 아끼지 않았다.

이 소설이 세계적인 성공을 거두며 문필 생활로 생계를 유지할 수 있게 되자 그는 비밀정보부를 나와 전업 작가의 길로 들어선다. 작가 그레이엄 그린은 《추운 나라에서 돌아온 스파이》를 두고 "자신이 읽어 온 스파이 소설 중에서 가장 뛰어난 작품"이라는 찬사를 아끼지 않았고, 작가 톰 울프도 "르 카레는 뛰어난 이야기꾼 이상의 존재이며, 그의 소설은 시대정신을 충실하게 전달하고 있다."고 호평했다.

르 카레는《죽은 자에게 걸려 온 전화》를 발표한 이래 40여 년 동안《거울 나라의 전쟁》,《팅커, 테일러, 솔저, 스파이》,《스마일리의 사람들》,《북 치는 소녀》,《완벽한 스파이》,《러시아 하우스》,《나이트 매니저》,《파나마의 재단사》,《성실한 정원사》,《모스트 원티드 맨》,《우리들의 반역자》,《민감한 진실》,《스파이의 전설》등 25편의 스파이 소설을 발표했으며 타계하기 1년 전인 2019년 88세의 나이까지 집필을 계속했다. 그의 작품들은 전 세계 36개국 언어로 번역 출간되어 세계적인 독자층을 갖게 되었으며, 대부분 작품은 공전의 히트를 기록하면서 영화나 TV 드라마로도 제작되었다.

그의 작품은 냉혹한 첩보 활동 속에서 스파이의 인간적 고뇌와 갈등을 세밀한 묘사를 통해 박진감 있게 흥미로운 전개를 해나가는 것으로 정평이 나 있다. 특별히 르 카레는 스파이세계에서 활동하는 인물들을 단지 선과 악으로 구분하지 않고 인간적 본성과 감성을 배제하지 않으면서 담담하고 솔직하게 묘사하는 필력으로 유명하다.

르 카레는 스파이세계의 비정함에 대해서도 인간적 감성에 기반을 둔 솔직한 심경을 작품 속에서 토로하곤 했다. 처절한 냉소주의, 현실정치와 첩보 세계의 도덕적 진공 상태. 이성이 지배하는 도덕률 사회에서 비윤리적이고 비도덕적인 행위 등 그는 치열한 국익 활동에서 드러나곤 하는 스파이들의 잔혹하고 냉정한 현실을 음울하면서도 감각적인 시각에서 바라보았다.

첩보 활동은 사실 신사들의 게임은 아니다. 게다가 확실성이라는 것도 존재하지 않는다. 음습하고 캄캄한 늪지 속에서 전개되는 스파이 활동을 누구도 대신할 수는 없다. 르 카레는 대중적 성공을 통해 세계적인 베스트셀러 작가의 명성을 얻게 해준 저서 《추운 나라에서 돌아온 스파이》에서 평범한 옷을 입고는 좀처럼 견뎌내기 쉽지 않은 스파이 세계의 현실을 무덤덤하게 고백한다.

> *"우리가 불쾌한 일을 하는 것은 동서 양쪽에 사는 보통 사람들이 밤에 침대에서 안전하게 잘 수 있도록 하기 위해서야. 지나치게 낭만적이라고 생각하나? 물론 때로는 아주 못된 짓도 하지. 도덕성을 비교 평가하면, 우리는 비교적 부정직한 일에 종사하고 있네. 어쨌든 한쪽의 관념을 다른 쪽의 방법과 비교할 수는 없지. 그렇지 않은가?"*

르 카레는 첩보작전은 도덕이 결여되어 있지만, 동시에 서로 다른 정치적 신조를 지탱하는 도덕적 원칙에 봉사해야 하는 스파이들의 숙명이 자리하고 있다는 현실을 함부로 부정하지 않았다. 그럼에도 불구하고 정치적인 목적이 개인의 감정보다 우선하며, 결과가 모든 것을 정당화해준다는 스파이 세계의 불문율에 저항하며 도덕적 성실성을 일관되게 주장했다.

그의 작품은 때로는 전후 미국의 패권주의와 영국 사회의 불평등을 고발하는 혹독한 비판의 책이 되었다. 르 카레로 하여금 그런 열정을 불러일으키도록 만든 것은 '개인이 집단보다 훨씬 더 소중하고 가치 있다는 기독교적이고 휴머니즘적인 윤리관'이었는데, 작품들에서 풍겨나는 "문학이라는 형식을 통해 개인의 자유와 인류의 근본적인 문제를 제기하며 인본주의적인 여론을 형성한 공로"는 따라서 자연스럽게 그의 몫이 되었다.

그는 자유와 민주 그리고 사회적 정의의 가치를 일생을 통해 신봉했다. 그런 까닭으로 이스라엘과 팔레스타인 간의 충돌에 대해서도 반유대주의를 주장하며 팔레스타인을 지지했고 생전의 아라파트 의장과도 흉금을 터놓고 격의 없는 대화를 나누는 인물이기도 했다.

또한 구소련 KGB 수뇌부들과도 대담을 하는 등 객관적이고 균형을 갖춘 사고의 바탕에서 냉전 기간 국제사회에서 벌어지는 첩보 전쟁의 본질을 추적하고 그 안에서 스파이들의 인간적인 고뇌에 대한 연민의 감정을 포기하지 않았다. 그런 까닭에 미국 CIA의 책임자들과 영국 정보부의 고위 관리들은 그를 유쾌하지 않은 상대로 인식하였고 그의 작품들에 대한 평가도 인색했다.

많은 영국 국민이 셰익스피어를 사랑하지만 찰스 디킨스를 존경하는 특별한 이유가 있듯이 오랫동안 영국 사회의 기득권층을 지배해오던 귀족체제의 전통, 권력자들의 권위주의, 부유층의 경제 독점에 대한 비판적인 견해는 르 카레의 몫이었고, 이런 현실을 작품을 통해 꾸준히 고발하는 르 카레에 대한 영국민들의 사랑은 특별했다.

이런 연유로 평론가 존 할퍼린(John Halperin)은 "르 카레는 오늘날 스파이 스릴러를 쓰면서도 본격 작가로 대접받는 유일한 사람"이라고 평하기도 하였고 수많은 비평가가 르 카레의 작품세계에 대해 존경의 찬사를 아끼지 않았다.

르 카레의 초기 작품들에 등장하는 주인공인 첩보 요원 '조지 스마일리'에 대한 영국인들의 애정은 '셜록 홈스' 못지않아 그들을 실존 인물로 착각하는 다소 구세대인 빅토리아 시대의 시민들이 홈스의 주소인 '베이커 스트리트 221B'로 편지를 보내는 반면, 현대 영국인들은 스마일 리의 집 주소인 '첼시 바이워터 스트리트 9번 지'로 편지를 보내 자신들의 고민을 상담하거나 어려운 문제의 해결을 요청하기도 한다.

르 카레가 탄생시킨 인물들, 앨릭 리머스, 칼 리메크, 리즈 골드, 피터 길럼, 조지 스마일리……, 그는 천상에서 그들과 함께 차를 마시며 행복한 시간을 보내고 있을 것이다.

누가 다이애나에게
돌을 던지랴

그녀의 죽음을 둘러싼 논란은 24년의 세월이 지난 지금까지도

여전히 진행 중이다. 그녀가 죽은 후 다이애나에 대한 영국 대중의 사랑은

왕실에 대한 애증으로 확산되면서 왕실의 존재와 역할을 두고

다시 여론이 분열되는 현상을 드러내기도 했다.

나이 차이 13살.

나이는 그렇다 쳐도 살아온 삶의 궤적이 많이 달랐다.

한 명은 전통적인 귀족 가문 출신. 그러나 다른 한 사람은 왕족
이었다. 그것도 왕위 계승 서열 1위.

어린아이들과 자유분방한 나비처럼 하늘하늘 주변에 호기심 많
던 그녀는 높고 견고한 전통과 인습의 성 안에서 숨조차 제대로
쉴 수 없었다. 그래도 15년을 견뎌냈지만, 사랑에 지탱할 힘을 빼
앗아 간 것은 사랑하는 사람의 또 다른 사랑이었다.

사랑하는 사람을 위해 기꺼이 목숨까지 내어줄 수 있는 게 사랑이라고 어느 작가는 말했다. 어느 신학자는 사랑은 용서하는 것이라고 무심하게 말한 적이 있다. 여인은 평범한 삶 속에서 자신이 사랑하는 것을 지키는 게 사랑의 전부인 줄 알았다. 짧은 삶을 살았지만 많은 영국인의 마음속에 사라지지 않는 소중한 여인의 모습으로 기억되고 있는 '다이애나 빈(Lady Diana Spencer)'이 그 사람이다.

1961년 7월 1일 출생, 1997년 8월 31일 전통과 인습으로부터의 고통을 뒤로 한 채 자유를 꿈꾸며 영원히 멀리 날아갔다. 그녀 나이 36세.

입헌군주제 국가인 영국에서 왕실에 대한 국민의 의견은 둘로 극명하게 대비된다. 요즘 같은 시대에 왕이 존재한다는 것도 마뜩잖은 데다가 왕실 구성원들도 일반인들처럼 불륜도 저지르고 이혼도 하는 판이니 자신들과 뭐가 다르냐는 것이다. 거기에 왕실의 운영을 위해 천문학적인 비용이 소요되고 있으니 단박에 왕실을 폐지해야 한다는 것이다. 대개 진보성향 집단과 급진적인 노동자계층, 그리고 젊은이들 일부가 이 주장을 펼친다. 정치학자들은 이들을 '공화제 주창자'라고 부른다.

다른 견해를 지지하는 집단도 있다. 왕실은 전통적으로 국가의 중심이었고 국민 단결의 상징이라고 말한다. 여왕은 나라의 어른 이자 존경의 대상인바 이들의 존재는 이것만으로도 충분하다는 것이다. 게다가 영연방 국가들을 묶을 수 있는 구심점 역할을 수행할 뿐 아니라 전 세계 입헌군주국의 롤모델이기도 하니 외교적으로도 의미가 크다고 믿는다. 왕실 운영 예산은 이들을 보기 위해 전 세계에서 몰려오는 관광객들이 뿌리는 돈이 비용을 감당하고도 남을 정도니 괜히 트집 잡지 말라고 점잖게 충고한다. 영국 중산층과 식자계급들이 이런 주장을 적극적으로 지지한다.

오랜 역사와 전통을 대변하며 영국을 상징하는 표식이기도 한 왕실은 1천 년이 넘게 유지되어 오고 있다. 우리가 익히 아는 바 대로 '올리버 크롬웰(Oliver Cromwell)'에 의해 공화정치가 실시되던 1649~1660년 기간에 잠시 중단된 것이 유일한 예외다. 앞으로도 왕실 제도가 오랜 기간 유지될 거라는 점에 대해서는 크게 이견이 없다. 역사가 오래된 만큼 이러한 전통을 유지하기 위해서는 탄탄한 제도의 구축이 필요함은 두말할 나위가 없다.

견고한 제도 한 가운데에서 다이애나 빈의 운명은 비극적으로 전개될 수밖에 없었다. 자신도 명문 귀족 집안의 자제로 1508년에 건축된 대저택과 넓은 농장에서 어린 시절을 보냈지만, 그녀는 전통과 관습에 얽매이는 것을 낯설어했다. 다이애나는 대학에 진학하는 대신 유치원에서 아이들을 돌보는 보모와 교사로 일하는 것에 행복해하던 수줍음을 타는 성격의 소유자였다. 18세에 친언니인 사라(Sarah)로부터 13살 차이나는 찰스 황태자를 소개받은 후 스무 살인 1981년 7월 29일 런던의 세인트 폴 대성당(St. Paul's Cathedral)에서 '세기의 결혼식'을 올렸다.

세기의 결혼은 그녀에게는 비극의 시작이었다.

엄격한 왕실의 규칙과 까다로운 예법은 서민적인 그녀와 어울리지 않았으며 게다가 결혼 이전부터 유명했던 찰스의 바람기는 결혼 이후에도 그치지 않았다. 그는 옛 애인이었던 이혼녀 '카밀라 파커볼스(Camilla Parker Bowles)'와도 여전히 교제하고 있었다.

왕실을 계승할 두 아들 윌리엄과 해리를 낳았지만, 남편에 대한 배신감과 일상의 공허함은 나날이 커갔고 그녀는 결국 왕실이 정해 놓은 엄격한 관습의 경계를 넘고 말았다. 1995년 10월 20일 영국 공영방송 〈BBC〉와의 인터뷰에서 다이애나는 남편 찰스 왕세자와의 결혼과 그의 불륜으로 인한 별거 과정, 자신의 부정, 왕실 생활로부터의 스트레스, 그로 인한 우울증과 자해 시도, 남편의 왕위 계승 문제 등을 솔직하게 털어놓았다. '왕실로부터의 자유'를 선언한 그녀의 인터뷰를 영국인 2,300만 명이 참담한 모습으로 지켜봤다.

이 일로 그녀는 왕실과 회복 불가능한 상태가 되었고 마침내 엘리자베스 여왕은 두 사람의 이혼을 공식적으로 요구하면서 인터뷰 이듬해인 1996년 다이애나는 찰스와 이혼하고 왕실의 거처인 '버킹엄 궁전(Buckingham Palace)'을 나온다. 왕실 근위연대 장교인 '제임스 헤위트(James Hewitt)'와의 밀애, 영국의 유명백화점 해롯의 소유주 아들인 이집트인 '도디 파예드(Dodi Al-Fayed)'와의 사랑은 세간의 관심을 불러일으켰고, 전 세계 언론은다이애나의 일거수일투족에 늘 주목했다.

그러나 불행하게도 1997년 그녀는 파예드와 프랑스 여행 중 파리에서 교통사고로 짧은 생을 마감한다. 운명의 여신은 지상에서그녀에게 새로운 행복을 허락하고 싶지 않았나 보다. 그녀의 죽음을 둘러싼 논란은 24년의 세월이 지난 지금까지도 여전히 진행 중이다. 그녀가 죽은 후 다이애나에 대한 영국 대중의 사랑은 왕실에 대한 애증으로 확산되면서 왕실의 존재와 역할을 두고 다시 여론이 분열되는 현상을 드러내기도 했다.

몇 해 전 다이애나의 둘째 아들 해리 왕자가 왕실과 결별을 선언하고 미국으로 떠났다. 이혼녀이자 혼혈 유색인인 부인 '메건 마클(Meghan Markle)'에 대한 여론의 지나친 관심과 왕실 구성원의 견제와 비난이 배경이라고 언론은 전한다. 다이애나의 자유분방한 DNA가 아들에게 전해졌는지 모르지만, 왕실의 고루한 규범과 관습은 젊은 해리 부부에게도 그녀가 생전 느끼던 것과 별반 다르지 않았던 모양이다.

비록 찰스와 이혼 후 왕실을 떠났지만, 대중의 사랑을 받던 다이애나에 대한 추모와 그리움은 여전히 영국인들의 가슴 속에 넓고 진한 잔영을 남기고 있다. 그래서 그런가. 장손 윌리엄의 부인 케이트 미들턴(Kate Middleton) 세손빈과 해리의 부인 메건 마클 두 며느리는 시어머니 다이애나의 패션을 모방하는 등 대중의 기억 속으로 들어가려 애를 쓴다.

왕세자빈이기에 앞서 진정한 사랑을 꿈꾸며 아이들을 사랑하고 수줍은 미소를 간직한 채 아동, 장애인, 시각장애인, 나병 환자 등 사회적 약자에 대해 관심이 많던 다이애나. 그녀는 천국에서 영국 왕실, 두 아들 윌리엄과 해리 그리고 그 아이들을 내려다보며 어떤 생각을 하고 있을까. 2021년 타계한 시아버지 필립공(Prince Philip) 그리고 그 이듬해 남편을 따라 길을 떠난 엘리자베스 여왕(Queen Elizabeth II)과 천상에서 잉글리시 티(English Tea)를 마시며 다정한 대화를 나누며 지내기를 기원한다.

셰익스피어는
줄리엣을 훔쳐 왔을까?

이탈리아나 덴마크 사람 중에는 왜 셰익스피어가 우리 이야기를 훔쳐 갔느냐고 볼멘소리를 하는 사람들이 있을지 모른다. … 그러나 대부분 사람은 이웃 나라의 천재적인 예술가가 자신들의 고전 스토리와 위대한 유산을 차용해서 오히려 세계적인 작품으로 발전시킨 예술성과 노고에 대해 찬사와 경의를 보내고 있다.

일본의 저명한 작가가 춘향전을 베껴갔다. 그리곤 세계적으로 유명해진 작품을 만들었다. 우리 사회에 어떤 일이 벌어질까. 상상하기조차 싫다. 중국인들은 우리가 창작하여 세계적인 작품으로 명성이 자자한 드라마 '오징어 게임'의 운동복에 대한 저작권을 들고 시비다. 그들은 자신들이 축구의 종주국이라고 주장했다가 영국과 세계 축구팬들의 면박을 받고 망신을 당한 적이 있다. 월드컵이라도 제대로 참가해 보고 그런 말을 하라는 얘기였다. 땅은 넓지만 살고 있는 사람들의 편협한 사고가 문제다.

셰익스피어가 생전에 이탈리아를 여행했는지에 대한 자료는 없지만, 그 시대 유럽 귀족들에게 이웃 나라를 여행한다는 사실은 마치 세계를 여행하는 것과 같은 큰 자부심을 느낄 만한 일이었다. 1818년에 태어난 마르크스에게도 그의 세계관의 중심은 유럽이었으니 그보다 앞선 셰익스피어 시대는 두말할 나위가 없겠다. 그 후 경제적으로 부(富)를 얻게 된 중산층 사람들이 귀족들의 관행을 모방한 것이 오늘날 패키지여행의 기원이 되었다는 글을 읽은 적이 있다.

1564년 4월에 태어난 셰익스피어는 우리에겐 가슴 아픈 역사인 임진왜란이 시작된 1592년에 런던 문학계에 등장해 본격적인 활동을 하게 된다. 시골 출신인 그에게는 문학적 후원자로 깊은 친분을 나누던 사우샘프턴 백작이 있었다. 그에게서 이탈리아의 베로나(Verona) 지방에 퍼져 있던 흥미 있는 이야기를 들었던 것일까.

여행을 떠나면서 메모장과 펜을 챙기는 사람들에게는 낯선 곳에서의 일상이 평범하게 보이지 않는다. 여행지에 도착하면서부터 그들의 촉수는 예민해진다. 낯선 풍경과 사람들, 음식은 물론 바람과 공기의 냄새조차 다르게 느껴지면서 호기심과 기록의 대상이 된다. 자신이 직접 여행을 하지는 않았더라도 셰익스피어에게는 베로나에서 떠돌던, 서로 원수가 되어 지내는 두 가문의 이야기가 예사스럽게 들리지 않았던 모양이다. 그래서 등장한 것이 오늘날 우리에게 잘 알려진 몬테규 가문의 로미오(Montague Romeo)와 캐퓰릿 가문의 줄리엣(Capulet Juliet) 이야기이다.

척박한 환경 속에서 사는 민족에게는 창의적인 사고가 생존을 위한 무기가 된다. 넉넉하지 않은 환경 속에서 성장한 인물에게도 같은 논리가 적용될지 모르겠다. 집안이 기울고 경제적으로 어려움에 처한 셰익스피어는 대학 진학을 포기하고 어린 시절 받았던 라틴어와 고전 문학의 지식을 바탕으로 절박한 심정으로 글을 썼다. 그런 배경 속에서 자신이 전해 들은 남부 유럽과 북유럽의 흥미 있는 이야기들이 그의 사고를 자극하고 펜을 들게 하지 않았을까.

셰익스피어의 4대 비극 중《리어왕, King Lear》은 고대 영국의 야사 속 일화에서 소재를 얻어 완성한 작품이며,《오셀로, Othello》는 이탈리아 작가 제랄디 친디오가 쓴 '백 개의 이야기' 중 '베니스의 무어인'에서 착안을 했다.《맥베스, Macbeth》는 스코틀랜드의 역사극에서 아이디어를 얻었고,《햄릿, Hamlet》은 북유럽에서 전해 내려오는 민화가 창작의 모티브가 되었다. 그럼에도 불구하고 그의 작품들은 세계적으로 호평을 받는 걸작이 되었다. 그는 이미 16세기 후반에 작품들을 통해 세계화를 이끌었는지 모르겠다.

이뿐만 아니다. 오늘날 비와 바람 그리고 감자와 당근만 풍성한 영국에 살고 있는 셰익스피어의 후손들은 선대 조상 못지않은 재능을 발휘하며 세계 곳곳에서 소재를 찾아 활용하는 능력을 발휘하고 있다. 그 바탕에는 척박한 자연환경 속에서 살아가는 영국인의 DNA에 흐르는 창의적인 사고가 자리하고 있다.

오늘날 우리에게도 낯익은 세계 '4대 뮤지컬'로 평가받는 작품들이 있다.

사실 이는 영국의 예술 거장인 카메론 매킨토시가 제작한 작품 중 세계적으로 알려진 규모가 큰 4개를 'Big Four'라고 호칭했는데, 이것이 한국과 일본처럼 서열 매기는 전통이 강한 국가에서 '4대 뮤지컬'로 잘못 알려진 탓이 크다.

어쨌든 4대 뮤지컬로 [캣츠](1981), [레 미제라블](1985), [오페라의 유령](1986)과 [미스 사이공](1989)을 꼽는다. [캣츠]는 미국 태생으로 영국으로 귀화한 시인이자 극작가인 T. S. 엘리엇의 시를 현존하는 천재 예술가 '앤드류 로이드 웨버'가 곡을 붙인 뮤지컬로 유명하다. [오페라의 유령]도 프랑스의 언론인이자 작가로 활동한 '가스통 르류'의 동명 소설을 바탕으로 웨버가 곡을 썼다. [미스 사이공]은 베트남 전쟁을 배경으로 미군 '크리스'와 베트남 소녀 '킴'의 비극적인 사랑을 그린 작품으로 [레 미제라블]을 처음 만든 프랑스인 '클로드 미셸 쇤베르그'와 '알랭 부브릴'이 작사와 작곡을 했다.

'빅토르 위고'의 원작 소설을 무대화한 [레 미제라블]은 원래는 작가의 모국인 프랑스에서 제작된 뮤지컬이었다. 그러나 흥행 실패로 공연 3개월 만에 막을 내린 후 영국인 카메론 맥킨토시가 '로열 셰익스피어 컴퍼니'와 손을 잡고 새롭게 각색해서 런던의 웨스트엔드(West End) 극장 무대에 올린 것을 계기로 세계적인 명성을 얻게 되었다.

유럽 국가들 사이에서는 전통과 예술작품의 소재에 대한 관대함과 너그러움이 있다. 수많은 전쟁으로 인한 고통과 협력을 통한 성장의 역사를 공유하면서 오늘날 하나의 유럽을 만든 배경에는 눈에 보이지 않는 그들만의 가치에 대한 공유 의식이 존재한다. 스스로들은 선진국이라고 하지만 이런 전통이 한국, 일본 그리고 중국 사이에서 개인이 아닌 정치인들의 편협한 사고로 인한 갈등과 분쟁의 원인으로 존재하는 것을 보면서 왜 유럽이 진정한 문화 강국이며 선진국인지를 느낄 수 있다.

런던 시내에서 식탁 3개가 있는 작은 일본 식당을 직접 운영하던 셰프 '오사무 가키자키' 씨가 어느 날 필자에게 [레 미제라블]을 보고 온 감동을 짧지만 간단한 영어로 말해주었다. 그는 1년 전에 예약을 하고 오랫동안 기다리다가 마침내 공연을 보고 왔다며 흥분이 가시지 않은 감격스러운 목소리로 설명을 했다. 자수성가형의 그는 상처가 많은 손을 부끄러워하지 않고 공연 내내 손수건이 흠뻑 젖을 정도로 눈물을 흘렸다고 했다.

그의 적극적인 추천에 힘입어 필자는 공연 당일 취소되는 표를 극장 앞에 앉아 4시간을 기다린 끝에 마침내 가장 저렴한 가격의 표를 구매해 공연을 보았다. 배우의 얼굴이 제대로 보이지 않던 극장 맨 위 가장자리는 당시 5파운드쯤이 아니었나 싶다. 1층 맨 앞 로열석은 아니지만 지금도 배우들이 진심을 다해 부르던 노래와 무대의 웅장함과 화려함이 기억에 잔잔하다.

오래전 이탈리아를 여행하다가 베로나에 들른 적이 있었다. 베로나는 로미오와 줄리엣으로 인해 수많은 사람이 찾아오는 세계적인 관광명소가 되었다. 거기에는 줄리엣의 생가라고 알려진 건물이 있는데, 그 당시에는 2층 발코니에 줄리엣이 나와 있는 모습이 전부였었다. 줄리엣은 발코니 아래를 내려다보며 자신을 찾아오는 전 세계의 로미오들을 유혹하고 있었다.

이탈리아나 덴마크 사람 중에는 왜 셰익스피어가 우리 이야기를 훔쳐 갔느냐고 볼멘소리를 하는 사람들이 있을지 모른다. [레 미제라블]이 런던에서 성황리에 공연되는 현실에 문화적 자존심이 강한 프랑스인 중에는 분통이 터지는 사람도 있을 것이다. 그러나 대부분 사람은 이웃 나라의 천재적인 예술가가 자신들의 고전 스토리와 위대한 유산을 차용해서 오히려 세계적인 작품으로 발전시킨 예술성과 노고에 대해 찬사와 경의를 보내고 있다.

요즘 한국인들의 문화적 창의성이 세계적으로 주목을 받고 있다.

BTS는 전 세계적으로 팬덤이 형성되어 있고, '오징어 게임'의 열풍은 놀랄 만하다. 우리 민족이야말로 척박한 환경 속에서 창의성을 바탕으로 성장과 발전을 거듭해 온 민족이 아닌가 싶다. 그것도 중국과 일본처럼 사사건건 시비를 걸어대는 열악한 여건 속에서 성장한 것이니 가치가 더 돋보인다.

자신들의 전래 이야기를 세계적인 작품으로 만들어 놓은 재주 있는 이웃 덕분에 줄리엣 동상 하나 달랑 만들어 놓고 찾아오는 수많은 관광객이 뿌리는 돈을 버는 이탈리아 사람들의 안목을 보면서도 그들에게는 질시와 시샘이 더 큰 건지 모르겠다. 그래도 우리는 우리의 길을 가야 하지 않을까.

셰익스피어처럼.

BTS처럼.

아일랜드의 슬픈 역사,
보비 샌즈

고통스러운 수감생활 중 보비 샌즈가 감옥에서 화장지에 시를 적어

자신의 결연한 의지를 알린, 우리에게도 익숙한 유명한 시구가 있다.

"한 마리 종달새를 가둘 수는 있어도 그 노래를 가둘 수는 없다."

27살 청년이 정부에 항거하다가 66일의 단식 끝에 굶어 죽었다. 놀라운 사실은 그가 단식 와중에 국회의원 후보로 옥중 출마하여 당선된 현역 국회의원의 신분이었다는 점이다. 드라마 같은 일이다. 그런데 더 놀라운 사실이 있다. 그런 일이 우리가 민주주의의 모국으로 알고 있는 영국에서 벌어졌다는 점이다. 그것도 민주주의가 채 정착되기 이전도 아닌 1980년대에.

보비 샌즈(Robert Gerard Bobby Sands, 1954. 3. 9.~1981. 5. 5.) 그는 북아일랜드의 수도 벨파스트(Belfast)에서 태어나 버

스 조립공장에서 견습공 신분으로 일하는 노동자였다. 18세 나이인 1972년 영국 정부의 재판 없는 구금 조치에 항의하는 비무장 상태의 아일랜드 구교도를 향해 신교도가 주축이 된 영국 치안군의 무차별 살육으로 14명이 사망하고 수백 명이 상처를 입은 '피의 일요일(Bloody Sunday)' 사건을 목격하고는 아일랜드 공화국군(IRA, Irish Republican Army)에 가입하여 활동하다가 1977년 무기 소지 혐의로 체포되어 14년형을 선고받고 복역 중이었다.

샌즈는 복역 중이던 1980년에 IRA의 지도자로 선출되었으며 북아일랜드 지역구에서 당선되어 영국 하원의 신분을 유지하고 있었는데 IRA 수감자들의 정치범 대우를 요구하며 벌인 두 차례에 걸친 단식 투쟁 끝에 1981년 5월 5일 새벽, 단식 66일 만에 감옥에서 굶어 죽은 것이다.

약자의 죽음으로 종료될 줄 알았던 투쟁은 더 큰 불꽃이 되었다. 그가 굶어 죽자 북아일랜드 전역에서 폭동이 발생하였고 하루에만 23명의 사망자가 나왔다. 이 사건으로 "테러리스트와는 협상하지 않는다."라는 기조를 고수하던 '철의 여인' 마거릿 대처가 총리로 나라를 이끌던 영국의 국제적 이미지는 큰 손상을 입게 되었고, 이후 북아일랜드 분쟁을 둘러싼 갈등은 더욱 격렬한 투쟁으로 확산하였다.

현재 인구 약 500만 명의 아일랜드는 한때 유럽에서 가장 낙후한 국가였으며 미래를 기약하기 어려운 희망 없는 고국을 포기한 국민이 해외로의 탈출구를 찾으러 고향을 등지는 지역이었다. 헨리 2세가 아일랜드를 침공한 것이 12세기였는데 1534년에는 헨리 8세가 본격적으로 아일랜드 침공을 감행하여 1542년에는 아일랜드 왕위를 만들고 스스로 잉글랜드 왕과 겸임하여 아일랜드를 복속하였다. 이후 1801년 아일랜드는 영국의 완전한 식민지가 되어 20세기에 들어와 독립을 이루기까지 사실상 8백여 년을 잉글랜드의 지배 속에 있었다. 잉글랜드는 아일랜드인들을 '하얀 검둥이'로 부르면서 차별하였고, 토착 언어 사용을 금지하고 영어를 사용하게 하는 등 민족 말살 정책을 시도했다.

영국의 잔혹한 통치 속에 1845년에서 1852년 기간에는 '대기근'이 닥쳐 약 100만 명 이상의 사람들이 굶주림으로 사망했다. 그 무렵 150만 명 가까운 많은 아일랜드인이 영국의 차별과 박해 그리고 굶주림을 피해 신대륙 미국을 포함해 해외로 이주하였다. 그 이후에도 아일랜드는 영국으로부터 정치 · 경제 · 사회 · 종교 · 민족적으로 차별받으며 끊임없이 착취당했고 내세울 것이라고는 비와 바람뿐인 거칠고 황량한 환경인 작은 섬에서 겨우 연명을 지속했다.

이런 가운데 아일랜드섬의 영국령인 북아일랜드에서는 양 민족 간 충돌이 끊이지 않았다. 북아일랜드 문제의 실질적인 갈등의 기원은 17세기 초에 정부의 비호 아래 잉글랜드와 스코틀랜드의 신교도 주민들이 아일랜드 북쪽으로 이주하면서 시작되었다. 이때 영국은 아일랜드의 토착 귀족을 몰아내고 신교도 영주들을 대거 이주시켰으며, 신교도들은 아일랜드 구교도들이 소유하고 있던 토지 대부분을 강제로 빼앗았다. 이것이 훗날 양측 간 분쟁의 결정적인 원인이 되었으며 신교와 구교로 서로 다른 종교적인 배경을 갖고 있던 세력 사이에 충돌이 끊이지 않고 계속된 것이다.

충돌은 1960년대 후반까지 가톨릭계 주민들과 영국계 개신교 주민들 간에 수시로 발생했는데, 현실은 수적으로나 정치·사회·경제적으로 압도적인 우위를 점하고 있던 개신교 주민들의 일방적인 가톨릭계 박해에 가까웠다. 당시 북아일랜드 정치의 주도권을 장악하고 있던 친영국 진영 일부에서조차 아일랜드계 차별을 바로잡아야 한다는 목소리가 나왔고 여기에 일부 아일랜드 민족주의자들이 희망을 품기도 했지만, 다수의 친영국 진영은 그러한 의견을 무시했다. 그 결과 아일랜드계 주민들은 희망을 잃고 시위와 테러 등 본격적인 실력행사에 나서게 된다.

오랜 기간 양 진영 사이에 대립과 충돌이 지속되는 가운데 결정적으로 1972년 1월 30일, 아일랜드계의 시위를 진압하러 온 영국군 공수부대가 데리(Derry)시에서 평화적인 시위를 벌이던 비무장 시위대에게 발포하여 '피의 일요일' 사건이 발생한 것이다. 데리 지역은 북아일랜드에서도 아일랜드계에 대한 차별이 유난히 심각했던 곳이어서 '개신교-친영국 세력'과 '가톨릭-아일랜드 민족주의 진영'의 갈등이 심각했고 양측 모두 시위와 폭동으로 큰 피해가 발생하던 곳이었다.

이 사건에 대한 보복으로 7월 21일에는 IRA가 벨파스트에 폭탄을 폭파해 9명이 사망하고 130여 명의 부상자를 낸 '피의 금요일(Bloody Friday)' 사건이 발생하기도 했다. 결국 '피의 일요일' 사건은 북아일랜드 분쟁을 격화시키는 사건 중 하나가 되었고 이를 계기로 IRA는 본격적으로 조직을 갖춘 준 군사 무장단체로 성장하게 된다.

이 사건은 그동안 무차별적인 IRA의 테러 활동에 거부감을 보이던 아일랜드 가톨릭계 주민들이 '피의 일요일' 사건에서 보여준 영국군의 잔인한 행동으로 인해 IRA의 활동이 정당하다고 느끼게 되는 계기가 되었다. 따라서 당시 지지가 약화하고 있던 IRA 과격파에게 명분을 제공하였고, 이후 이들의 활동이 적극적이고 격렬해지는 결과를 초래하였다.

그 후로도 영국군의 진압이나 소탕 작전으로 무고한 북아일랜드 주민들이 죽어 나갔고 이로 인해 유족이나 친지들이 IRA에 들어가거나 소년병이 되는 결과를 낳았다. 보비 샌즈가 채 스무 살이 되기도 전인 18세 나이에 아일랜드 공화국군에 가입한 것도 바로 이 시기였다.

분쟁의 궁극적인 원인을 따지고 보면 1970년대까지도 주거, 취업, 참정권에서 가톨릭계를 차별했던 개신교가 지배하던 북아일랜드 의회와 이를 철저히 방임했던 런던 영국 정부에 있다. 북아일랜드는 1970년대까지도 1인 1표의 보통 선거제가 아니라 보유한 재산에 따라 투표권을 주는 제한 선거제를 유지하고 있었다. 따라서 경제력에서 상대가 되지 않는 가톨릭계는 정치적으로도 제대로 된 영향력을 발휘할 수 없었다.

이런 갈등과 충돌 속에서 전 세계적으로 1960년대 미국에서 발생한 '흑인민권 운동'과 당시 유럽을 휩쓸던 '68혁명'의 영향을 받은 비폭력 시민 저항운동이 시작되었다. 이에 자극받은 아일랜드계에서도 불만이 고조되던 중에 '피의 일요일' 사건으로 인하여 영국에 대한 불만이 폭발하였고 '평화적으로는 아무것도 이룰 수 없다.'라는 분위기가 확산하면서 무력 충돌이 본격화된 것이다.

학교에서 같이 공부했던 아일랜드 출신의 오브라이언은 1972년 힘없는 주민들을 상대로 영국 치안군의 무차별 살육이 벌어진 '피의 일요일' 사건이 벌어진 바로 그 장소인 북아일랜드의 데리(Derry) 자신의 집 2층 방 창문을 통해 두려움에 떨던 어린아이의 눈으로 현장을 목격했다고 이야기한 적이 있었다.

영국과 아일랜드 그리고 영국의 통치지역 중 하나인 북아일랜드 안에서 가톨릭계인 아일랜드인들과 개신교인 영국 세력 간 갈등과 충돌은 이런 역사·정치·종교적 배경을 떼어놓고는 이해하기 어렵다. 그런 까닭에 미국으로 이주한 아일랜드계 미국인들은 영국에 대한 적대감이 여전하며 아일랜드인들의 반영(反英) 정책을 적극적으로 지지하는 경향을 오늘날까지 드러내고 있다.

아일랜드계인 클린턴 대통령은 임기 동안 세 차례나 북아일랜드를 방문한 바 있으며, 1994년에는 영국 정부가 테러단체로 규정한 IRA의 민족파 지도자 게리 애덤스(Gerry Adams)에게 비자를 발급함으로써 영국 정부를 곤혹스럽게 만들기도 하였다. 현재 미국에서 아일랜드계는 약 3,500만 명으로 미국 전체 인구의 12%에 해당한다. '대기근'의 시대에 미국으로 이주한 아일랜드계의 후손들 상당수는 대기근이 자연재해가 아니라 영국의 정치적인 차별로 인한 재앙이었다고 믿고 있다.

어려운 여건 속에서도 아일랜드인들은 희망을 포기하지 않고 끈질긴 생명력으로 오늘날 1인당 국민소득이 영국에 접근하는 경제력을 가진 국가로 성장했다. 과거부터 지속되어 온 고난의 힘든 환경 속에서 살아가야 하는 아일랜드 사람들에게는 어떤 역경 속에서도 고난을 극복하고 목표를 성취하려는 강한 의지가 담긴 DNA가 있는 모양이다.

미국의 역대 대통령 중에 앤드루 잭슨, 윌리엄 매킨리, 테어도어 루스벨트, 윌리엄 태프트, 우드로 윌슨, 허버트 후버, 해리 트루먼, 존 F. 케네디, 지미 카터, 로널드 레이건, 조지 부시 부자(父子), 윌리엄 클린턴, 버락 오바마 등 스무 명이 넘는 인물들이 아일랜드계 후손으로 알려져 있다. 길지 않은 이민사에서 이뤄낸 놀랄만한 성과라 하지 않을 수 없다. '피의 일요일' 사건 이후에는 미국에 거주하는 아일랜드계 미국인들이 북아일랜드에 자금과 무기를 지원하면서 조상의 나라 아일랜드에 대한 그들의 애정을 과시한 바 있다.

케네디에 이어 역시 아일랜드계 족보에 가톨릭 신도로 자신이 아일랜드계인 것을 자랑스럽게 생각하는 조 바이든 대통령이 얼마 전 할아버지의 나라를 방문한 사실이 TV에 방영된 적이 있었다. 그가 조상이 살았던 고향마을을 방문했을 때 동네 주민들이

나와 마치 오랜만에 고향을 방문한 먼 친척을 반기는 자연스러운 표정으로 환대하는 모습이 인상적이었다. 아일랜드인들은 역경을 극복하고 힘없던 자신들의 조국 아일랜드의 이름을 빛내고 희망의 등불이 되어준 인물들을 그렇게 기리며 발전하고 있다.

고통스러운 수감생활 중 보비 샌즈가 감옥에서 화장지에 시를 적어 자신의 결연한 의지를 알린, 우리에게도 익숙한 유명한 시구가 있다.

"한 마리 종달새를 가둘 수는 있어도 그 노래를 가둘 수는 없다."

우리도 아일랜드처럼 열악한 지정학적 환경 속에서 이웃의 강대국들로부터 수없이 많은 고통의 역사를 경험했다. 한반도에서 국가의 탄생이 시작된 이래 한순간도 이웃 국가들로부터 위협을 느끼지 않은 순간이 있었을까. 그럼에도 불구하고 대립과 충돌이 반복된 역사 속에 될성부른 인물은 성장하기도 전에 뿌리째 뽑혀버리고, 존경받을 만한 인물들의 국가를 위한 충정은 갈등을 부추기는 사리사욕에 빠진 패거리들로부터 내팽개침을 당하는 악습이 여전하다. 다행스럽게도 6·25 전쟁 이후에는 뛰어난 리더십과 국민의 자각 그리고 가정을 책임지려는 가장들의 헌신적인 노력과 희생으로 경제선진국으로 성장했다.

주변국들로부터의 위협은 여전하지만, 우리에게도 아일랜드 민족 못지않은 끈질긴 생명력과 미래를 향한 도전 의식의 DNA가 내재하여 있는 것 같아 다행스럽다. 미국으로 이주한 우리 한인들의 이민 역사가 한 세기가 훨씬 넘은 가운데 미국에서 대통령을 탄생시키는 성과는 요원하더라도 온 국민이 단결해서 국제사회에서 우리 민족을 만만하게 보지 못하는 국가로 성장하기를 바라는 마음 간절하다.

북아일랜드 갈등의 평화적인 해결을 통해 평화협정을 체결하는 데 기여한 얼스터 연합당(UUP) 당수인 데이비드 트림블(David Trimble)과 사회민주노동당(SDLP)의 존 흄(John Hume)은 1998년에 노벨 평화상을 공동 수상하였다.

윤여정처럼
영어 하기

가만히 생각해 보니 윤여정이 표현하는 영어는 그냥 내뱉듯 던지는 게

아닌가 싶다. 영어학습의 효과는 절박함에 있다. 외국에 살면서 체득한 언어는

그 사람들이 낯설고 말 설은 절박한 상황 속에서 얼마나 치열하게 살았는가를

대변하는 바로 그 모습이다.

오래전 발간되었지만 거의 완벽한 상태의 영어 문법책을 우연한
기회에 발견했다.

제목은 《기초영문법》.

책을 펼치다가 저절로 웃음이 나왔다. 책은 총 18장으로 288페
이지 분량인데 제1장 '품사'와 제2장 '문장의 종류'까지만 밑줄을
긋거나 펜으로 중요한 부분을 공부한 흔적이 있을 뿐 나머지는 멀
쩡했다. 책의 주인은 21페이지에서 영어를 마친 셈이다. 꼭 나의
젊은 시절을 되돌아보게 했다. 어쩌면 우리 모두에게 겸연쩍은 기

억의 공유가 될지도 모르겠다.

왜 거기까지만 공부를 하다 말았을까 하는 궁금증이 생겼다.

검정고시를 준비하던 학생인데 학업을 계속하지 못할 경제적 어려움에 직면했던 것은 아닐까? 어쩌면 여자 친구가 생겨 '공부하지 말고 나랑 놀자.'는 꼬임에 넘어갔는지도 모르겠다.

아무리 생각해봐도 기초가 너무 쉬워서 종합영어로 간 것 같지는 않다.

최근 나이 든 장년·중년 세대들이 영어공부에 관심을 두기 시작했다고 한다.

2021년 4월 11일 영국 런던의 로열 앨버트 홀(Royal Albert Hall)에서 열린 영국 아카데미상 시상식에서 영화 '미나리'로 여우조연상을 수상한 윤여정의 수상소감 중 "고상한 척하는 영국인들(Snobbish British People)" 발언이 자극이 되었다고 한다.

동기부여는 늘 사소한 것으로 시작한다. 해외에 여행을 가서 가이드 도움이 없이 쇼핑을 하고 길거리 음식도 자유롭게 먹어보고 싶은 욕구가 배경이라고 하니 젊은 세대들에게는 이미 일상의 언어가 된 영어를 뒤늦게 배워보겠다는 중장년들의 심경이 애틋하다.

가만히 주변을 둘러보니 영어공부를 독려하는 수많은 유혹적인 홍보문구가 주변에 널려있는 게 눈에 들어온다.

'영어 8주 완성.'

'영어 한 달 안에 끝내기.'

이런 홍보를 비웃듯이 '1주에 영어 마스터.' 광고도 보인다.

요즘에야 통·번역기가 있는데 무슨 걱정이 있느냐는 사람도 있지만, 막상 현지에서 급한 일이 닥칠 때면 별 도움이 되지 않는다. 순발력이 필요할 때는 내 입에서 나와야 한다. 경험상 가장 효과적인 학습방법은 현지에서 6개월이든, 혹은 1년이든 살면서 지역 사람들과 부딪치며 살아보는 게 제일인데 어디 여건이 녹록한가.

필자는 단순한 사람이어서 그랬는지 외국에서 영어를 열심히 하면 한국말은 잊어버리는 줄 알았다. 그래서 낮에는 영어를 열심히 공부하고 밤에 자기 전에는 국기에 대한 맹세와 애국가를 또박또박 발음해 보고 비로소 잠들곤 했다. '웃픈' 추억이다.

그런데 필자 주변에도 희한한 친구들이 많았다. 한국에서는 새벽부터 학원을 가고 또 밤에도 학원에 다니며 열심히 영어공부를 하더니 막상 외국에 와서는 한국 신문을 찾아 읽고 한국 드라마나 영화를 즐겨보던 사람들이 그들이다. 그들은 늘 한국 음식을 그리

워하며 식당에 가서도 비싼 소주를 마셔댔다. 참 재미있는 사람들이다.

　여담이지만 평생 영어를 연구하신 필자의 외조부는 대학 설립에 기여도 하시고 교수로 또 총장으로 오랜 기간을 봉직하셨다. 그 덕에 대학도 명문대학으로 발전했고 훌륭한 제자들도 많이 키우셨는데 공교롭게도 어려서부터 당신 제자들이 필자의 선생이 되신 분들이 있었다.

　중학교 시절 영어 선생님도 나를 보며 "할아버지는 영어도 잘하시고 늘 공부하시는데 너는 왜 공부를 안 하냐?"라며 놀리시곤 했다. 그때 필자는 운동하기를 좋아하는 철없는 학생이었는데 외조부께서 만든 영어사전과 영어 학습서로 공부한 것 치고는 참 부끄러운 수준의 학생이었다.

　엉터리 학생이었던 대가를 필자는 외국으로 공부하러 가서 혹독하게 치렀다.
　어느 학기엔가는 수업을 마치며 교수님이 "다음 주는 휴강"이라고 했던 모양이다. 수업을 마칠 때는 늘 시끄럽고 다음 강의실로 이동하려는 학생들이 부산을 떨기 마련이어서 강의실이 요란하다. 필자는 그 간단한 말을 놓쳐버렸다. 다음 주 수업시간에 강의실에 홀로 앉아 수업시간이 됐는데도 나타나지 않던 게으른 동급생들을 슬며시 비웃다가 허탈해했다.

이 정도는 애교에 가깝다. 증세를 잘못 설명해 귀한 사랑니를 이란 출신의 의사에게 뽑힌 적이 있는가 하면, 갑자기 다쳐 병원에 가서도 제대로 표현을 못 해 애꿎게 고생을 한 적이 종종 있었다. 해외로 자유여행을 다니면서 비슷한 경험을 하신 분들이 있을 것이다. 오랜만에 발견한 영문법 책이 유쾌하면서도 씁쓸한 추억을 떠올리게 한다.

가만히 생각해 보니 윤여정이 표현하는 영어는 그냥 내뱉듯 던지는 게 아닌가 싶다. 영어학습의 효과는 절박함에 있다. 외국에 살면서 체득한 언어는 그 사람들이 낯설고 말 설은 절박한 상황 속에서 얼마나 치열하게 살았는가를 대변하는 바로 그 모습이다.

그녀는 어떤 삶을 살았는가? 낯선 곳에서 남편에게 버림받고 아이들 양육마저 떠안은 그녀는 모성애와 가장이라는 힘들고 모진 역할을 마다하지 않고 살았다. 가장의 영어식 표현인 'Head of Family'는 말 그대로 가정의 우두머리 역할을 수행하는 사람을 지칭한다. 옛날부터 가족의 생존을 위해 목숨을 걸고 동굴 밖으로 나가 사냥하러 다니는 게 성인 남자인 가장의 역할인바 그녀는 말

설은 이국에서 가족의 생계를 책임지며 황량한 벌판으로 나가서 힘든 사냥을 하며 살았다.

그 과정에서 그녀에게 영어는 말 그대로 '생존을 위한 영어(Survival English)'였을 것임이 틀림없다. 익숙하지 않은 말을 한마디라도 해야 아이들이 먹을 식량이 생기니 그녀의 삶은 얼마나 절박했을까. 남편이었던 모 씨는 여름 베짱이처럼 노래하는 게 직업이었던 인물이니 개미와 베짱이 버전의 적용이 참으로 절묘하다.

지금도 영어로 된 문헌을 이따금씩 찾아보거나 해외여행의 기회를 엿보며 계획을 짜고 있으니 이래저래 영어는 내 주변을 좀처럼 떠나지 않고 있다. 우연히 발견한 책을 보면서 '이제는 여유도 생겼으니 다시 차분하게 영어공부를 해볼까?' 하는 생각이 든다.

누구는 문법보다는 회화가 중요하다는데 그래도 윤여정만큼은 아니지만, 이번에는 책의 절반쯤인 제9장 '동사'까지는 제대로 마쳐볼까 싶다.

영국 젊은이들의
30박 31일 아프리카 여행

개조한 큰 버스(대개 낡은 2층 버스였는데)에 올라타서는 한 달여 대륙을

종단하거나 횡단하는 여행을 하며 젊은 시절의 추억을 소중히 하며

열정을 만끽했는데 각자 재능을 살려 역할을 충실히 하는 까닭에

아주 적은 비용으로 장기간 여행이 가능했다.

살아있는 닭을 소란스럽지 않게 단번에 목숨을 끊는 일이 어디
쉬운 일인가.

리더격인 제임스는 늘 그 문제를 놓고 고민을 했었다. 게다가
여전히 목숨이 붙어 있는 닭이 피를 흘리면서 마을을 쏘다니다가
마당 한가운데서 쓰러져 죽기라도 하면 가까스로 잠자리를 허가
한 족장의 체면은 물론 부족 사람들의 싸늘한 눈빛을 견디는 일은
상상만으로도 식은땀이 흐를 심각한 문제였다.

탄자니아에서 국비유학생으로 온 비아뭉구에게 합류를 허락한

다는 답신을 보낸 것도 어쩌면 꽤 현명한 판단을 했다는 칭찬을 들을 수 있을지 모를 일이다. 캠퍼스 구내식당에서 비아뭉구가 달달하고 매콤한 양념 소스가 듬뿍 묻어 있는 닭 다리를 맛있게 먹고 있는 순간을 목격했다는 증인들은 수없이 많았다. 다른 친구들이 포크와 나이프로 닭 다리 거죽을 참새가 물 쪼아 먹듯이 깨죽거리는 것과 달리 그는 두 손가락으로 닭을 들고 살을 다 뜯어 먹은 후에도 검은 손가락에 붙어 있는 양념까지 입안에 넣고 쪽쪽 빨아먹고는 하얀 손가락을 드러내는 등 기본부터 달랐던 것이다.

사실 그도 이번 일정에 꼭 참석하고 싶다는 의견을 수차례 편지나 메모를 통해 알려오지 않았던가. 더욱이 30박 31일 일정 중에 그를 대신해서 어디를 방문하든 마을 사람들과 친밀감 있게 대화를 하면서 요리에 쓸 생닭을 잡아 올 수 있는 인물도 사실 없던 바였다.

그가 일행의 마지막 참가자가 됨으로써 비로소 긴 여행 계획이 실행될 수 있다는 안도감이 신청자 모두에게 골고루 퍼졌다.

주 운전과 보조 운전은 마크와 데비가 맡기로 했다.
마크는 런던에서 고향인 스코틀랜드의 여전히 괴물이 출현하곤 한다는 네스호가 있는 인버네스(Inverness)까지 쉬지 않고 달려

본 경험이 열 번이 넘을 거라며 손가락을 자신 있게 펴 보였다. 게다가 어떤 날은 다음날 수업시간까지 돌아와야 해서 고향 집까지 왕복 26시간이 넘는 시간을 운전석에서 일어난 적이 없다고 자신 있게 말했다.

"잠시 화장실에 다녀온 경우는 분명히 있지 않았느냐?"는 심리학 전공인 살짝 까칠한 공동리더 제인의 지적에도 불구하고 그 점에서 마크는 다른 경쟁자들을 압도했다.

데비는 운전능력에 간단한 수준의 차 정비를 할 수 있다는 사실이 긍정적으로 작용했다. 물론 물리학과의 케인이 정비 전담자로 선정되어 합류가 결정됐지만, 운전과 정비 두 가지의 필요한 능력을 갖추고 있다는 점은 데비가 여성인 데다가 몸이 너무 뚱뚱해서 차 밑으로 들어가 필요한 부품을 갈아 끼우지 못할 거라는 우려가 있기는 했지만, 대다수를 만족시켰다.

요리는 연극을 전공하는 일본에서 온 마꼬가 맡기로 했다.
전 세계 어디에서든 일본사람들을 만나는 게 어려운 일이 아닌 까닭에 아프리카에도 분명히 일본인 소유의 조그만 호텔 정도는 있을 거라는 점에다 그녀가 협상을 잘해서 하루쯤은 싼값에 호텔에서 잘 수 있지 않을까 하는 막연한 기대감이 선정 배경이었다.

그리고 매일 서양식으로 먹는 음식이 지겨울 경우 그녀가 이국적인 음식으로 일행을 위로해 줄 수 있을 거라는 은근한 기대도 한 몫했는데, 여행 기간 마꼬는 연극전공자답게 다 불어터진 인스턴트 카레라멘을 맛있는 표정으로 잘도 먹어댔다.

목적지를 찾는 데 중요한 지도 보기 담당자로는 지질학 전공의 사이먼이 낙점되었다. 나중에 알려진 사실이지만 그가 2년째 유급했다는 사실과 영어 이외에 독일어와 불어, 스페인어는 읽을 줄도 모른다는 점을 그 당시에는 아무도 몰랐다. 의대생 스미스는 조금 미심쩍기는 했지만 간단한 진료는 할 수 있다고 해서 합류가 결정됐는데 사실 의대생 중에 한 달 이상을 실컷 놀겠다는 생각을 하는 학생을 찾기가 어렵다는 점도 감안하지 않을 수 없었다.

국경 통과 시에 발생할 대외 섭외 업무는 역사학 전공의 프란시스가 맡기로 했다.

그는 취리히와 베를린에서 각각 중학교와 고등학교를 졸업하고 그보다 어린 시절에는 외교관이었던 아버지를 따라 나이지리아와 잠비아에서 유년 시절을 보낸 적이 있었는데 말이 통하지 않는 사람들과도 끊임없이 웃으면서 대화하는 탁월한 재주를 갖고 있기 때문이었다.

혹시 모를 현지인들과의 물리적 충돌에 대비해서는 브라질 유수 대표선수 출신인 로마리오만한 후보자를 찾기가 어려웠는데 그는 크리스마스 방학을 앞두고 벌어진 축제에서 여학생 10명이 타고 있는 '오스틴 미니' 승용차를 두 손으로 20m를 끌어당겨 그해에 여학생회가 선정한 최우수 차력사 상을 받은 전력이 있기 때문이다.

처음 미팅을 하던 날 많은 질문이 쏟아졌다.

3년째 같은 여행을 반복하고 있는 리더 격인 경제학 전공의 제임스는 5년째 대학에 적을 두고 있으면서 언젠가 대학을 졸업하면 '제임스 쿡' 같은 여행사를 차리는 게 꿈이었다. 제임스는 다소 까다로워 보이는 질문에도 눈썹 하나 흔들리지 않고 그게 무슨 심각한 문제냐는 표정으로 단번에 답변을 해서 리더로서의 신뢰감을 한층 높였다.

프랑스에서 온 하얗고 뽀얀 피부를 가진 얌전한 얼굴의 마리는 씻는 문제에 대해 거듭 질문을 했다. 31일 일정 중에 세면과 샤워는 어떻게 해야 하느냐는 그녀의 질문에 대부분 여학생은 그 질문을 미처 생각하지 못했다는 듯이 공감하는 표정으로 대부분 고개를 끄덕였다.

강가를 수없이 건너게 될 텐데 악어가 없는 곳에서는 수영과 샤워가 얼마든지 가능하니까 그 순간을 놓쳐서는 안 된다는 게 제임스의 답이었다. 가끔은 시내를 관통하기도 하는데 호텔 부근에 차를 주차해 놓을 테니 투숙객인 것처럼 가장하고 호텔로 들어가 중앙 로비 좌우편에 분명히 있을 화장실에서 서둘러 세면하는 것도 좋을 거라는 그의 유익한 정보에 여학생들은 귀중한 정보라는 듯이 기쁜 표정을 지었다.

식사는 이동 중에 요리 담당이, 차는 펑크가 나지 않는 한은 며칠이고 쉬지 않고 달리게 될 거라고 그가 덧붙였다. 차에서 먹고 자는 일이 간단한 일이 아니니까 간단히 연주할 줄 아는 악기 정도는 가져오거나 놀이를 위한 카드도 필수라는 점 그리고 전공서적은 아니지만 읽을거리는 개인적으로 가져와서 다 읽은 다음에 서로 돌려보는 것도 좋은 아이디어가 될 거라는 말도 빼놓지 않았다.

여가 담당은 이탈리아에서 온 파올로가 선정됐는데 합류 조건으로 푸치니와 베르디의 웬만한 곡은 다 준비해야 할 거라는 요구를 그는 이탈리아 출신답게 거침없이 받아들였다. 그는 결국 31일 동안 매일 노래를 불러댔는데 성대결절의 위험성에 대해서 의대생 스미스는 늘 "아직은 괜찮다."라고 처방을 내렸다.

아주 오래전, 긴 여름방학을 맞는 유럽 학생들은 이렇게 아프리카나 남미여행을 했다. 비록 주머니 사정은 넉넉지 않지만, 세상을 경험하려는 꿈을 포기할 수는 없지 않은가. 꿈을 실현하는데 그들은 자신의 재능을 총동원했다. 목적지인 대륙에 처음 도착해서 개조한 큰 버스(대개 낡은 2층 버스였는데)에 올라타서는 한 달여 대륙을 종단하거나 횡단하는 여행을 하면서 젊은 시절의 추억을 소중히 하며 열정을 만끽했는데 각자 재능을 살려 역할을 충실히 하는 까닭에 아주 적은 비용으로 장기간 여행이 가능했다.

오늘날 국경을 허문 유럽통합은 비록 국경은 존재하지만, 이웃 국가나 국민이 그리 멀게 느껴지지 않는 인식 상의 '인접성'과 종족과 언어 면에서 약간의 차이가 있지만 대부분 백인이고 기독교 문화권이며 민주주의와 자유시장 경제의 이념을 공유한다는 '동질성'이라는 특징을 갖고 있다. 그 속에서 유럽의 젊은이들은 더 나은 세상, 더 가치 있는 인간의 삶을 추구하고자 서로 조금씩 양보하며 더 나은 유럽을 만들어 가고 있다.

비록 '코로나 19'로 인해 침체한 경제, 빈약한 리더십 등의 문제가 드러나고 있지만, 유럽의 과거와 오늘을 살펴보면 한국과 중국 그리고 일본이 자리하고 있는 동아시아에 주는 교훈이 적지 않다. 일본은 인접 국가와 과거사조차 해결하지 못하면서 선진국가라는 터무니없는 자부심을 갖고 있고, 중국은 보편적인 인권조차 갖추지 못한 상태에서 '중국몽'의 허황된 꿈을 꾸며 대국을 자랑하고 있다. 어디 그들뿐이랴.

오늘 우리나라의 젊은이들은 이미 한 세대 전 유럽의 젊은이들이 만끽하던 젊음의 특권은커녕 하루하루를 힘들게 살아가고 있다. 참으로 딱하다는 말밖에는 위로해줄 말이 없는 허망한 현실이다. 그들이 자유롭게 꿈꾸던 이상을 실현할 날이 불현듯 찾아올까. 오래전 만났던 유럽 청년들의 모험정신이 어떻게 하면 우리 젊은이들에게 오롯이 전해질 수 있을까. 그들의 부서진 꿈이 하루빨리 회복되기를 기원한다.

노병은 죽지 않는다.
오직 사라질 뿐

국민을 위한 희생 속에 조국에 대한 사랑의 일념으로 적과 대치하면서

평생을 국가에 헌신하다가 조직의 문을 떠난 이 땅의 노병들.

이들의 노고와 헌신을 훼손시키는 행위가 비록 일부의 경우이겠지만

결코 일어나서는 안 될 것이다.

"노병은 죽지 않는다. 오직 사라질 뿐."

우리에게 익숙한 이 구절은 제2차 세계대전 때 일본 점령 연합군 최고사령관이었던 맥아더 장군이 한국전이 한창이던 1951년 4월 19일 미국 상하 양원 합동회의에서 군 직을 떠나는 고별사에서 이 말을 해서 유명해졌다. 이 말의 기원은 제1차 세계대전 때 영국군인들 사이에 불리던 군가에 나오는 "노병은 죽지 않는다. 오직 사라질 뿐"이라는 가사의 한 구절로 맥아더가 고별사에서 인용한 것이다.

영국은 두 차례의 세계대전에서 전사한 전몰장병을 위로하는 우리의 현충일에 해당하는 11월 11일을 양귀비꽃의 영어식 표현인 Poppy를 차용하여 '포피 데이(Poppy Day)'라고 부르며 추모한다. 다른 말로는 '리멤브런스 데이(Remembrance day)'라고도 부르는데 1918년 11월 11일 제1차 세계대전 종전이 선언된 날이 그 기원이 되었다.

오래전 영국 시내에서 이날을 기념하는 행사를 본 적이 있었다. 행렬의 맨 앞에 제1차 세계대전에 참여한 노병을 선두로 제2차 세계대전 그리고 수많은 전쟁터에서 전투에 참여했던 영국 군인들이 당시 입었던 군복에 정부가 그들의 헌신에 감사하며 수여한 훈장을 가슴 왼쪽에 걸고 행군하는 모습에 큰 감동을 받은 적이 있었다.

당시 노병들은 자신의 아들이나 손주, 손녀 혹은 그 또래의 젊은이들이 미는 휠체어를 타고 나폴레옹과의 전투에서 승리한 넬슨 제독의 높은 동상이 위치한 런던의 중심가 트라팔가 광장(Trafalgar Square)에서 수상 관저가 있는 다우닝가(Downing Street)를 지나 국회의사당(Houses of Parliament) 방향으로 거리행진을 했다. 전쟁에서의 승리와 국가를 이끄는 상징적인 건물들이 위치한 장소를 행진하는 의미가 남달랐으리라.

휠체어에 탄 가장 오래전 전투에서 생존한 노병을 맨 앞에 두고, 지팡이에 의존해서 행진을 하는 노병, 가족의 부축을 받으며 행진하는 노병 그리고 비교적 현대사에 기록된 포클랜드전(Falklands War), 걸프전(Gulf War) 등의 전쟁에 참전했다가 생존한 군인들이 뒤를 따랐다. 워낙 나이가 든 분들이니만큼 행진은 느리고 행렬은 길어졌지만 연도에 선 수많은 시민들이 그들 노병이 국가를 위해 헌신했던 노고에 국기인 '유니언 잭(Union Jack)'을 흔들며 열렬히 환호하고 감격해 하면서 진심으로 감사를 표하던 모습이 기억에 새롭다.

벌써 삼십 수년 전의 기억이니 1차 세계대전 참전 군인들의 흔적은 모두 사라지고 이제 행렬의 맨 앞에는 2차 세계대전에 참여한 아주 소수의 노병이 행렬을 이끌고 있을 것이다. 영국에서 후세대들이 선대의 국가를 위한 헌신과 희생을 기리는 전통은 이렇게 유지되고 있다.

우리에게 이런 전통은 언감생심 턱도 없는 일이 되어버린 지 이미 오래다. TV 드라마는 물론 전철이나 버스 안에서, 혹은 길거리나 공원에서 노인을 폄하하고 심지어 폭력까지 난무하는 뉴스는 더 이상 새로운 것이 아닌 게 되었다. 많지도 않은 인구 속에서 성별, 지역, 출신, 종교, 빈부, 인종, 심지어 연령과 세대 간 편 가르기로 세계적으로 유명한 인종이 된 한국인들은 이제 노인이 된 그들이 여생을 국가를 위해 보여주는 애국심조차 '태극기 부대'라고 비하하며 저주의 일성을 내뱉는다.

　우리 사회 일각에서는 평생을 군에서 헌신하고 별까지 단 장성을 'ｘ별'이라고 희화화하곤 한다. 권위주의 군사정부의 일부 독단과 폐해가 원인이 된 배경을 사람들이 잘 아는 까닭에 월남전에서 목숨 걸고 싸운 노병조차 그 비난의 범주를 벗어나지 못했다. 평생을 공직을 수행하고 국가를 위해 헌신한 사람들에게도 '공노비'라거나 'ｘ훈장'을 받았다는 비난의 소리가 있다. 왜 한국 사회에서는 유독 이런 일이 두드러지는 것일까.

　어느 정부 부처에서 있었던 일이다. 당시 부서 책임자가 자기의 동기를 대통령 표창 후보자로 상신했다. 부부서장도 모두 입사 동기였으니 계획은 일사천리로 진행되었다. 문제는 대상자였다. 그는 부서에 전입해 온 지 기껏 4개월쯤 된 인물로 실적이 전무한 위인이었다. 당시 부서에는 10년, 20년을 업무에 매진하며 헌신한 직원들이 수두룩했지만 추천한 위인이나 대통령 표창을 받은 인물 모두 상식을 벗어난 행동을 한 것이다. 결국 그들 모두는 후배 직원들의 비난의 대상이 되었고, 표창을 받은 인물은 재직기간 표창 사실을 감추고 쉬쉬하다 조직을 떠났다. 지금쯤 그는 집 거실

어딘가에 표창장을 걸어두고 바라보면서 가족과 함께 자랑스러워하고 있을까. 이런 사례가 한둘이 아니다.

이런 전통이 우리나라 공직사회에서 보편적인 현상이 된 것인지 나라를 위태롭게 만든 대통령과 그를 보좌한 인물들, 오늘의 북한이 그토록 염원하던 '강성대국(强盛大國)'을 이룩하는 데 물질적으로나 정책적으로 호위무사 역할을 한 대통령과 당시 정권의 실세들, 심지어는 퇴직 전에 스스로 셀프훈장을 받은 대통령이나 그 측근들이 모두 쉬쉬하면서 훈장과 표창을 받는 게 전통이 되어 버렸다. 그들은 무엇이 두려워 훈장과 표창을 받은 사실을 쉬쉬할까. 자신도 떳떳하지 못한 사실이 양심에 찔리기는 하는 모양이다. 이런 지경이니 젊은 세대로부터 '×별'이니 '×훈장'이니 하는 조롱이 생긴 게 아닐까.

6·25전쟁 기간 전선에서 목숨 걸고 피를 흘려가며 적군과 싸운 공로로 받은 사병의 훈장을 가로챈 후방의 행정직원이나 상사들이 다반사였다. 그런 지경이니 설혹 우리도 영국의 Poppy Day와 같이 6·25전쟁이나 월남전 참전 용사들이 중심이 되어 광화문 거리를 행진하는 모습이 연출되면 멱살잡이 당하지 않을까 염려하는 위인들이 어디 한둘이겠는가. 오래전 얘기가 아니어도 우리 현대사에서 오로지 국가를 위해 헌신해서 나라가 주는 훈장을 받은

이들의 명단이 공개되었을 때 떳떳하다고 자신할 사람이 과연 얼마나 될까.

어렸을 적에 조부님이 들려준 얘기가 있어 소개한다.

예전 일제 강점기에는 나라의 사정이 어렵고 어수선해서 제 나이에 학교에 가지 못하고 나이가 들어 겨우 입학한 장성한 나이의 사람들이 많았다고 한다. 어느 해인가 학급에 또래보다 나이가 훨씬 많고 힘도 세서 조선 학생을 괴롭히는 일본 학생들이 있으면 그들을 찾아가 복수를 해주는 큰 형님뻘 나이의 인물이 있었다. 문제는 그가 학습능력은 부족해 시험을 치면 늘 과락을 받아 졸업마저 불안할 지경에 놓여 있었다는 점이다. 그래서 한창 동생뻘인 같은 학급의 조선 학생들이 꾀를 내어 시험시간에 그에게 커닝해서 나은 점수를 받을 수 있도록 나름의 배려(?)를 제안했는데 그는 단번에 그 제안을 거절했다고 한다.

"낙제가 되면 그만이지 학과점수 나쁜 자신이 사람점수까지 나빠서야 어디에 발을 붙이고 살아갈 수 있을 것이냐."는 게 그의 신조였다. "윗사람들이 자신들의 이익을 탐하는 잘못으로 나라를 빼앗긴 것인데 백성들마저 그렇게 행동하면 일본인들이 조선을 어떻게 보겠느냐?"는 게 그의 생각이었다. 결국 그는 시험에 통과하지 못해 졸업을 못 하고 학교를 떠났다고 한다. 그는 동네에서 허

드렛일을 도와주며 생계를 유지하던 평범한 사람이었는데 생각만큼은 당시 세도가 못지않은 기개가 있는 인물이었다. 오늘날 훈장이나 표창을 받은 사실조차 쉬쉬하며 집안에 걸어둔 그것을 가족에게나 보여주는 위인들이 새겨들을 만한 얘기가 아닐까.

요즘 젊은이들이 가장 관심을 갖는 화두가 '공정'이다. 이들은 사회의 선대들이 이룩한 수많은 공적에도 불구하고 앞에서 드러난 부정적인 사례들로 인해 나머지 공적마저 폄하하는 경향을 보인다. 이러한 인식의 차이가 세대 간 갈등의 원인이 되는 데 책임을 느껴야 할 사람들이 우리 주변에 많이 있다. 악폐나 악습은 전통이 되는 것인지 그런 부류의 인간들일수록 사회의 기득권층을 형성하면서 자기 합리화를 위한 변명에 탁월하다.

평시는 물론 나라의 운명이 위태롭게 되었을 때 군인은 전쟁터에서, 학자는 연구로, 교사는 교육으로, 기업가는 사업으로, 기술자는 현장에서, 농민은 농사로 성실하게 헌신함으로써 신으로부터 부여받은 자신의 역할을 수행하며 최선을 다한다. 이것이 동물과 다른 우리 인간의 도리가 아닐까. 우리는 평생을 살면서 이런 순리에 얼마나 충실했을까.

얼마 전 귀한 자리에 참석할 기회가 있었다. 그 자리에서 젊은 시절, 국가가 어려움에 처해 있을 때 부름을 받아 국가를 위해 평생을 헌신할 기회를 가진 인물들이 어떻게 살아왔는지를 목격했다. 북한 전문가로서 국익을 지키는 선봉의 자리에서 일생을 헌신한 강인덕 전 통일부 장관의 출판기념회였다. 그 자리에서 인생 선배들의 국가를 위한 헌신을 이해하게 되었다. 평양 출신인 그는 6·25전쟁 기간 혈혈단신 남하해서 온갖 역경을 극복하고 타고난 성실함과 꾸준한 노력 끝에 자타가 공인하는 통찰력과 판단력을 갖춘 북한지역 전문가로 성장했다. 자신이 태어나 형제들과 함께 교육받고 성장한 추억이 서려 있는 지역에 관한 연구이니 관심과 애정도 충분한 동기부여가 되었을 것이다.

오랜 노력의 결과로 그는 "앞서서 시대를 읽을 줄 아는 인물," "남북뿐만 아니라 동아시아 전체의 국제정치 흐름을 읽을 줄 아는 전략가," "능력이 필요한 시대에 적절한 곳에서 능력을 발휘할 기회를 얻은 인물"이라는 평가와 찬사를 동시대를 호흡하던 동료와 후배, 전문가들로부터 아낌없이 받았다. 그의 노력이 어디 하루아침에 이루어졌으랴. 그는 지금도 도서관에서 연구 활동을 지속한다고 한다.

비록 다른 공간과 시절을 살아왔지만, 오늘의 대한민국을 위해 선대들이 흘린 땀과 눈물의 가치는 그들의 가슴속에 자부심으로 남아 있을 것이다. 세계 최빈국이던 조국의 발전을 위해 자신의 삶과 가족의 희생을 무릅쓰고 헐벗고 처량한 처지의 국민을 위해 헌신한 그들의 노고가 온전하게 평가받지 못하는 현실을 안타깝게 바라본다.

미국의 작가 윌리엄 포크너(William Faulkner)가 1949년 12월 10일 스톡홀름에서 노벨 문학상을 받고 한 답사 중에 이런 말이 있다.

> "인류에 공통된 보편적인 진리, 즉 사랑, 명예, 자비, 자존, 동정, 희생 이외에 무엇이 더 중요하랴."(Forget everything except the old universal truths – love, honour, pity, pride, compassion, and sacrifice).

한겨울에도 냉수 한 사발 들이켠 후 홑겹 점퍼 입고 가족들 배웅을 받으며 어깨를 으쓱 올리고 출근해서는 세계 최빈국이던 불쌍한 국민을 위한 희생 속에 조국에 대한 사랑의 일념으로 적과 대치하면서 평생을 국가에 헌신하다가 조직의 문을 떠난 이 땅의 노병들. 이들의 노고와 헌신을 훼손시키는 행위가 비록 일부의 경우이겠지만 결코 일어나서는 안 될 것이다. 그들로 인해 노병들의 헌신과 애국심마저 폄하돼서야 하겠는가.

포크너가 언급한 인류에 공통된 보편적인 진리 중에서 하나도 허투루 여긴 게 없이 명예와 자부심으로 무장하고 자신의 삶을 희생해 가며 오직 국가발전을 위해 살아온 선대 세대의 자존감을 젊은 세대가 인정해 주는 한 아무리 불손한 세력들이 대한민국의 과거를 폄하하고 현재를 흔들어대도 "노병은 죽지 않는다. 오직 사라질 뿐"이라는 군가의 한 구절은 그들 모두에게 합당한 것이리라 믿어 의심치 않는다.

마거릿 대처,
국가를 먼저 생각한 진정한 정치인

대처와 그녀가 이끄는 보수당은 1983년과 1987년 연이어 총선거에서
승리하였고, 1990년 11월 20일 총리 자리에서 물러날 때까지
그녀는 지도자로서 영국의 국가적 자존심과 자부심을 회복시켰다.
그녀는 남성 중심의 의회정치 현장에서 단호한 지도력으로 국가를 이끌었으며
말 대신 행동으로 보여주는 정치인으로 평가받았다.

"나는 평생 전쟁을 벌이며 살았다."

영국 의회 정치사상 최초의 여성 총리이자 1979년부터 1990년
까지 3차례나 총선을 승리로 이끌고 정치적으로나 경제적으로 쇠
퇴해 가던 영국을 구해낸 마거릿 대처(Margaret Thatcher)가 자
기 삶을 회고하면서 고백한 말이다.

잉글랜드 중부의 작은 도시 링컨셔주의 그랜섬(Grantham)에서
잡화상의 둘째 딸로 태어난 대처는 근면과 절약에 대한 가치를 부
친으로부터 배웠다. 옥스퍼드대학에서 화학과 법학을 전공하였으

나 졸업 후에는 정치에 뜻을 품게 된다.

1950년 처음으로 총선에 출마해 낙선한 이후 34세인 1959년 보수당 하원의원에 당선되면서 의회에 진출, 1970~74년 교육부 장관을 지냈고, 1975년에는 첫 여성 보수당 대표로 선출되었다. 1979년에는 마침내 첫 여성 총리가 된 이래 만 11년 기간 동안 영국을 이끌며 고질적인 '영국병(British Disease)'에서 국가를 회복시켰다.

대처는 도덕적 보수 철학과 '신자유주의(Neo-Liberalism)' 이념을 바탕으로 우리에게는 '대처리즘(Thatcherism)'으로 익숙한 통치 철학으로 짧지 않은 기간 동안 국가를 운영했다.

총리로 취임한 초기에 그녀가 직면했던 가장 중요한 문제는 고질적인 '영국병'을 치유하는 문제였다.

1970년대 영국은 막강한 노조의 영향력으로 인한 지속적인 임금 상승, 생산성의 저하와 과도한 복지정책 등으로 경제가 침체하고 고비용과 저효율 그리고 과도한 복지 등을 특징으로 하는 만성적인 영국병에 시달렸다.

그 결과 영국은 1976년 우리에게도 익숙한 IMF의 금융지원을 받는 상황을 경험한다. 여기에는 노동당 집권 기간 정부의 지원을 업고 권력 세력으로 무장한 강성 노조의 역할이 컸다. 게다가 대처의 집권 직전인 1979년 초에 영국 사회는 공공부문 노조의 파업으로 학교, 병원, 공항 등이 전면 마비되는 일까지 발생해 시민들의 불만이 극에 달해 있었다.

이런 배경 속에서 대처는 1979년 집권하자마자 고질적인 영국병의 치유를 위해 저비용과 고효율로의 획기적인 경제구조의 전환을 추진하게 되는데 이를 위해 자유 시장경제 원리를 중시하는 경제를 포함한 사회 전 부분에 걸친 과감한 개혁에 착수한다.

대처는 노동법을 개정해 노동시장을 개혁하는 한편, 대표적인 강성 노조인 탄광노조의 장기간에 걸친 파업에 물러서지 않고 원칙에 근거해 처리했다. 1년여의 오랜 싸움 끝에 결국 광산노조와 인쇄노조가 파업에 실패하면서 영국 헌정과 정치제도에 대한 노조의 위협이 사라지게 되었고 국가발전의 커다란 장애물이었던 영국병 또한 치유되는 계기가 된다.

노조의 불법 관행이 줄어들고 산업부문에서 초과 인력이 감소하자 생산성은 향상되었고, 영국 경제는 자연스럽게 유럽의 경쟁국들을 추월하며 급속도로 성장한다. 대처는 또한 불필요하게 과도한 공무원 숫자를 75만 명에서 64만 명으로 줄이는 한편, 50여 국영기업을 민영화하는 작업도 병행 추진하면서 경제와 사회의 효율성을 도모하였다.

단지 성공적인 정책의 결과만을 놓고 대처를 평가하는 것은 바람직하지 않다. 국가의 지도자로서 그녀가 어떤 자질을 갖추었는지, 또 어떤 자세로 국가를 이끌었는지 살펴보는 것은 그런 점에서 의미가 있다.

임기 초반 그녀가 마주한 영국의 강성 노조는 이전의 헤럴드 윌슨(H. Wilson) 노동당 내각(1964~70, 1974~76), 에드워드 히스(E. Heath) 보수당 내각(1970~74) 그리고 제임스 캘러헌(J. Callaghan) 노동당 내각(1976~79)을 붕괴시킨 전력이 있는 비민주적이고 비합법적인 파업을 일삼던 영국병을 유발한 주범이었다.

이들은 과격한 파업 투쟁을 통해 민주적으로 선출된 정부를 무너뜨리려는 시도도 서슴지 않았다. 대처는 전임자들처럼 이에 굴하지 않고 '법치주의'를 강조하며 법원과 경찰력을 동원해서 오랜 싸움 끝에 불법적인 노조 활동을 분쇄했다. 그녀의 머릿속을 지배한 신념은 무엇이었을까?

대처리즘은 그냥 등장한 것이 아니다.

그녀는 자신의 통치 철학을 확고히 하기 위해 이론적으로 무장을 단단히 했다. 개인의 자율성과 책임을 동반하는 자유, 법의 평등 원칙과 자유방임적인 시장경제를 주장한《국부론, The Wealth of Nations》의 저자 애덤 스미스(A. Smith)와《자유론, On Liberty》의 저자 존 스튜어트 밀(J.S. Mill) 그리고《노예의 길, The Road to Serfdom》을 집필하고 자유주의의 이론적 기초를 확립한 프리드리히 하이에크(F. Hayek)가 계승한 영국 고전 경제학파 이론의 단단한 뿌리가 바탕에 있었다.

흔들리지 않는 신념과 철학을 바탕으로 대처는 주목받는 성공적인 정치인으로 성장했다. 대처와 그녀가 이끄는 보수당은 1983년과 1987년 연이어 총선거에서 승리하였고, 1990년 11월 20일 총리 자리에서 물러날 때까지 그녀는 지도자로서 영국의 국가적 자존심과 자부심을 회복시켰다. 그녀는 남성 중심의 의회정치 현장에서 단호한 지도력으로 국가를 이끌었으며 말 대신 행동으로 보여주는 정치인으로 평가받았다. 이러한 대처의 통치 방식과 대처리즘은 1980년대 세계적으로 영향을 떨치게 되는데 미국 레이건 대통령과는 신자유주의 이념을 공유하며 긴밀한 협력관계 속에서 이념 갈등으로 자유민주주의 진영과 체제경쟁을 벌이던 소련제국 붕괴에 결정적인 역할을 수행한다.

그녀가 신념으로 무장하고 지향했던 '바람직한 보수주의' 정치란 무엇인가?

1789년에 일어난 프랑스혁명은 기존의 전해 내려온 관습, 전통 생활방식, 법률 등 기존의 모든 사회제도를 갈아치우고 새로운 이상주의적인 사회를 건설해야 한다는 분명한 목표를 갖고 시작되었다. 그러나 아일랜드 출신의 영국 정치인이자 정치 사상가였던 '에드먼드 버크(Edmund Burke, 1729~1797)'는 유토피아적 혁명은 공포와 독재를 불러일으키며 기존질서의 파괴와 혼란만을 초래할 뿐이라며 비판적인 입장을 견지했다. 실제로 프랑스혁명 전후의 혼란은 버크의 사상적 배경에 적지 않은 영향을 끼쳤다.

《프랑스혁명에 관한 성찰, Reflections on the Revolution in France》은 버크가 저술해 프랑스혁명 발발 이듬해인 1790년 11월에 출간한 소책자로 인류의 지성사에서 가장 유명한 프랑스혁명에 대한 비판서이자 근대 보수주의 사상의 토대를 마련하고 이바지한 책으로 평가된다. 이 책에서 드러난 버크의 사상은 이후에 20세기 보수주의와 고전 자유주의 지식인들에게 큰 영향을 끼쳐 공산주의와 혁명적 사회주의 정책에 반대하는 논거로써 활용되기도 한다.

대처리즘은 근대 보수주의의 등장에 기여한 버크의 사상에 애덤 스미스, 밀과 하이에크의 주장들이 체계적으로 정리된 이론적 토대로 대처 통치 철학의 근간이 되었다. 따라서 그녀는 집권 기간 여하한 정치 상황일지라도 분명하게 판단하고 단호하게 추진할 정책 마련과 집행을 주저하지 않았으며, "영국의 정치 지형뿐 아니라 전 세계를 변화시킨 지도자"로 평가받았다.

만 11년의 재임 기간 대처는 국민에게 애증의 대상이었다.

그녀는 독선적이고 비타협적인 성격으로 인해 당내 외는 물론 국민으로부터 많은 비판을 받았고, 야당인 노동당과 특히 노동당 지지기반인 노동자들로부터는 공공연하게 '노동자의 적'이라는 평가를 들었다. 산업부문의 민영화 추진, 무상급식 문제, 경제난과 양극화 심화, 스코틀랜드와의 갈등, 인두세(Poll Tax) 도입으로 인한 충돌은 그녀를 실패한 정치인으로 평가하는 집단에서 흔히 제기하는 문제들이다. 게다가 그녀는 보수당 내 측근들의 반발로 현직에서 물러난 첫 총리라는 불명예도 동시에 가졌다. 당시 적국 이었던 소련으로부터 얻게 된 '철의 여인(The Iron Lady)'이라는 별명은 오로지 소련에만 국한된 것은 아니었다.

그럼에도 불구하고 대처는 산업의 경쟁력을 키워 영국 경제를 다시 도약시키고 무소불위의 강력한 노조와의 싸움에서 승리하며 영국 사회를 개혁하였다. 그녀는 변화를 위한 비전을 충실하게 실행하며 미국의 레이건 대통령과 함께 냉전을 종식시키고 1980년대 신자유주의와 시장경제를 주도하며 영국의 국제적인 지위 향상에 기여했다. 또한 통합 유럽의 미래를 논의하면서 독일 통일을 완성한 서독의 헬무트 콜 총리, 프랑스의 미테랑 대통령과의 협상에서도 영국의 이익을 지키기 위해 당당하게 맞선 지도자였다. 대처는 영국 정치사에서도 영국 국민은 물론 전문가와 정치인들로부터 전쟁을 승리로 이끈 윈스턴 처칠(W. Churchill)이나 2차 세계대전 이후 영국에 본격적인 복지체계와 사회보장제도를 수립해 국민의 최저생활을 보장한 클레멘트 애틀리(C. Attlee) 총리들과 비견할 만한 수준으로 높은 평가를 받는다.

정치인으로서 대처를 묘사하는 몇 가지 특징이 있다.

"올바른 제도에 대한 확고한 믿음

거대한 이익집단에 당당하게 맞서는 용기

위험을 감수하는 결단력

복잡한 상황 속에서 핵심을 찾아내는 명석함"

2013년 4월 6일 대처가 향년 87세를 일기로 뇌졸중으로 사망했을 때 당시 캐머런(David Cameron) 영국 총리는 이렇게 그녀의 죽음을 애도했다.

"우리는 위대한 지도자, 위대한 총리, 위대한 영국인을 잃었다."

지금 우리 앞에 놓여 있는 수많은 난제를 바라보며 우리에게도 대처와 같은 강한 신념으로 무장한 정치인이 등장해 올바른 길로 나라를 이끌어주길 바라는 마음 간절하다.

Chapter II

Land

영국의 최고 엘리트들이
'버킹검 궁'으로 가는 이유

이들 엘리트가 다른 영역과 견줄 수 없는 뛰어난 능력과 자질, 고귀한 품격과

도덕적 권위, 균형 잡힌 사고를 요구받는 것은 너무나 당연한 일이다.

그들의 헌신적인 역할로 인해 국가와 국민이 안위를 누리며

편안한 삶을 살게 되기 때문이다.

영국에서 명문대학을 졸업한 최고 엘리트들은 어떤 직장을 선호할까?

비록 형식적이지만 여전히 입헌군주제의 전통을 유지하는 국가답게 영국은 여전히 명문 집안 출신들이 입학하는 우리의 중고등학교에 해당하는 유명 사립학교들이 존재한다. 우리에게도 익숙한 이튼칼리지(Eton College)나 해로우스쿨(Harrow School) 등 이들 학교 졸업생들은 과거에는 물론이고 오늘날에도 옥스퍼드나 케임브리지와 같은 유서 깊은 명문대학에 진학하고 그곳에서 졸업과 동시에 사회적으로 명성이 있는 좋은 직장에 무리 없이 안착

한다.

과거와는 많이 달라졌지만, 이들은 여전히 법조계, 정계, 금융계, 정부 기구, 학계는 물론 외교관이나 국제기구 등에 취업하는 것을 선호한다. 그들은 그 분야에서 오랜 기간 자신이 축적해 놓은 역량을 맘껏 발휘하면서 개인적으로는 가문의 명예를, 국가적으로는 영국이라는 모국의 명성을 유지하고 발전시키는 데 헌신을 다한다. 이들이 도덕적, 사회적 의무를 다하며 '노블레스 오블리주(Noblesse Oblige)'라는 성숙한 의식으로 무장되어 있음은 두말할 나위가 없다.

그런데 실제로 엘리트 중의 엘리트들이 가는 은밀한 직장이 따로 있다. 지난 2022년 9월 8일 타계하기 전까지 엘리자베스 2세 영국 여왕이 일하던 집무실이었고 왕실의 가족들이 거주하는 '버킹검 궁(Buckingham Palace)'이 바로 그곳이다. 까다롭고 특별한 절차를 거쳐서 소수의 인원으로 선발된 이들 엘리트는 왕의 거처이자 왕실의 거주지인 버킹검 궁에서 일하는 기회를 갖게 된 것을 영광스럽게 여기며 헌신한다.

왜 그럴까.
높은 연봉?

왕을 알현할 수 있는 기회?

훌륭한 근무조건?

모두 진실은 아니다.

버킹검 궁이라는 일터는 사실 근무조건이 그리 좋은 편은 아니다. 연봉이 높은 것도 아니고, 왕이나 왕실 인사들과 빈번한 접촉의 기회가 있는 것도 아니다. 오히려 까다로운 규칙을 엄격하게 준수해야 하고, 업무상 보안을 유지해야 하는 높은 의무감은 물론, 평범한 직장처럼 함부로 행동하기 어려운, 힘들고 고달픈 공간이다. 그럼에도 불구하고 최고 엘리트들이 왕의 충성스러운 신하가 되려는 이유는 다른 데 있다.

그들은 영국 왕실의 충성스러운 신하로 국가의 상징적인 수장인 왕이 평시는 물론 국가가 위중한 상황에 처해 있을 때 어떤 자세와 태도로 판단하고, 말하고, 행동해야 하는지에 대한 충실한 조력자가 된다. 그들은 왕실에 대한 국민의 요구를 충실히 전달하고 국왕이 어떤 역할을 해야 하는지를 올바르게 판단할 수 있도록 중지를 모은다. 그뿐만 아니라 '영연방(the Commonwealth)' 국가들의 상징적인 수장인 왕에게 현명한 판단과 적합한 상황인식을 갖도록 국내외 이슈는 물론 다양한 분야에서 균형 잡힌 역할을 감당할 수 있도록 충실한 참모의 역할을 수행한다.

수상을 포함한 정치권이 국민의 일상생활과 밀접한 실질적인 정책을 통해 국가를 이끈다면, 왕은 그것을 뛰어넘는 영역에서 국민을 위로하고 국가의 안정과 영국이라는 국가의 존엄과 영광의 유지를 위해 보이지 않는 곳에서 진력을 다한다. 따라서 국가 내 정당, 정파 간 대립, 계층, 빈부, 세대, 인종 등 다양한 요소를 통해 드러나는 사회적 갈등, 지역 간 분열 등에서 정치권이 해결하지 못하는 문제들을 놓고 국민을 위로하고 치유하려는 노력을 기울이는 데 왕의 충성스러운 엘리트들은 깊이 관여한다.

따라서 이들 소수의 엘리트 집단이 다른 영역과 견줄 수 없는 뛰어난 능력과 자질, 고귀한 품격과 도덕적 권위, 균형 잡힌 사고를 요구받는 것은 너무나 당연한 일이다. 그들의 헌신적인 역할로 인해 국가와 국민이 안위를 누리며 편안한 삶을 살게 되기 때문이다.

지금 우리의 대통령 궁에는 어떤 인물들이 포진해 있을까?

그들은 '노블레스 오블리주'의 품격을 유지하면서 가진 것이라고는 사람만 넘치는 이 땅에서 엘리트 중의 엘리트라는 겸손한 자부심으로 무장되어 있을까?

국민이 일상에서 느끼는 고통 지수는 그들이 보유한 능력이나 수준과 늘 반비례하는 법이다.

영국의
창의적인 인재 만들기

세상의 이치, 규범, 가치관, 상식 등을 놓고 무조건 따르기보다 다른 생각을

한 번쯤 해본다는 어릴 적의 교육방식은 아이들의 사고를 자유롭게 해주고

무한한 상상력을 갖도록 만든다.

살면서 두 나라를 꼼꼼하게 살펴볼 기회가 있었다.

영국과 이스라엘이다.

두 나라를 생각하면 우선 떠오르는 화두가 있다.

어떻게 두 국가가 창의성이 풍부한 국민으로 채워져 있는가 하
는 점이다.

정답은 '교육'에 있었다.

우선 이스라엘,

거기에서는 아이가 학교를 다녀오면 어머니가 습관적으로 던지

는 질문이 있다.

"수업시간에 (선생님이 설명하는 걸 듣고) 친구들과는 다른 질문을 하기 위해 고민을 해보았니?"

말하자면 남이 하지 않은 독창적인 생각을 선생님이나 친구들하고 얘기하기 위해 곰곰이 생각해 보았냐는 의미다.

우리에게 익숙한 드론, USB, 자율주행 기술, 3D 입체화면 기술 등 오늘날 현대 인류사의 획을 긋는 창의적인 산물이 'Made in Israel'이다.

우리의 경상북도 정도의 면적에 인구는 800여만 명, 주변 대부분이 적대적인 아랍 국가들로 둘러싸여 있고 국토 대부분이 척박한, 지정학적으로 도무지 성장하기 어려운 여건을 가진 나라다.

영국은 반대다.

"학교에서 친구들과 차별화된 답을 찾기 위해 생각을 해보았니?"

친구들과 구분되는 창의적인 내용의 답을 찾기 위해 고민해 보았냐는 게 영국 엄마 질문의 의도다.

"오늘 학교에서 뭐 배웠니?"

엄마가 아이에게 던지는 우리의 질문과 많이 다르다.

이미 두 나라의 교육방식을 어느 정도는 이해하고 있었으므로 단지 확인해볼 양으로 직접 물어보았지만 학교 교육에 관한 통념에 대해서 "대체로 그렇다."고 하는 대답이 당국자들에게서 서슴없이 나왔다.

이것이 두 나라에서 창의적인 인물을 양성하는 바탕이 아닐까.

세상의 이치, 규범, 가치관, 상식 등을 놓고 무조건 따르기보다 다른 생각을 한 번쯤 해본다는 어릴 적의 교육방식은 아이들의 사고를 자유롭게 해주고 무한한 상상력을 갖도록 만든다.

영국이 현대 인류사회가 발전하는 데 큰 기여를 한 대표적인 국가의 하나라는 점을 부정하기 어렵다.

영국의 작가 '해리 빙험(Harry Bingham)'은 영국이 인류사회에 기여한 요소들을 언어, 문학, 경제시스템, 사법체계, 의회제도, 복지제도, 과학, 기술, 문화, 생활방식 등 10가지로 구분해서 설명한다.

이런 요소들을 창의적으로 개발하고 발전시켜 세계경영을 할 수 있었다는 나름대로 근거가 있는 주장이다. 오죽하면 지구를 찾아온 외계인들에게 지구의 인류들이 어떻게 살아왔는지를 보여주기 위한 목적이라면 영국이 가장 적합한 대상이라는 말이 전문가들로부터 나왔겠는가.

1, 2, 3차 산업혁명에 이어 최근에는 제4차 산업혁명을 주도하고 있는 영국에서 이번에 다른 국가들에서는 좀처럼 생각하기 어려운 발상을 들고 나왔다.

전 호주 총리를 스카우트해 자국의 정부 기구인 무역위원회 자문관으로 내정한 것이다. 다른 나라를 통치했던 국가지도자를 영입해올 생각을 하다니…….
가히 '영국다움'의 전형이라고 탄식하지 않을 수 없다.

얼마 전 자리에서 물러난 영국의 '보리스 존슨(Boris Johnson)' 총리는 재임 기간 2020년 12월 말이 지나면 본격적으로 시행될 '브렉시트(Brexit)'를 앞두고 생길 무역 공백에 대처하기 위해 '토니 애벗(Tony Abbott)' 전 호주 총리를 영입했다고 발표한바 있다.

토니 애벗은 재임 중 한국, 중국, 일본 등 동북아시아 핵심 3개국과 자유무역협정(FTA)을 최종 타결하기도 한 통상 전문가이다.

그를 임명함으로써 4개월여 남은 EU와의 지지부진한 브렉시트 협상에 속도를 내기 위한 전략이 존슨 영국 총리의 머릿속에 자리 잡고 있었다.

호주의 신문과 방송들은 "귀중한 인재가 영국으로 유출되었다." 라고 아쉬워했다.

영국과 이스라엘은 '인재 모으기'에 혈안이다.

이스라엘은 구소련지역은 물론 아프리카 출신이라도 유대인이 라면 무조건 받아들인다. 그들이 일단 이스라엘 영토에 도착하면 그들만의 독특한 교육방식으로 자연스럽게 창의적인 이스라엘인 으로 양성한다.

영국은 지금도 과거 자국의 식민지였던 53개 국가를 묶어 영연방을 구성하고 있다. 전 세계에서 유능한 인재를 흡입하는 국가시스템이 가동되고 있는 것이다. 전직 호주 총리의 영입은 그래서 그들에게는 특별한 게 아닐 수 있다.

우리의 현실을 살펴보자.

우리는 지긋지긋한 보수와 진보가 여전히 구분되는 공간 속에 살고 있다. 이미 미국과 서유럽에서는 역사 교과서에나 나올법한 구시대의 유물이 이 땅에서는 여전히 날갯짓을 하고 진영을 넘나든다.

남과 북이 나뉜 것도 부족해 남쪽의 동서로 지역이 또 나뉜다. 출신학교로 나뉘고, 믿는 종교로 나뉘고, 심지어 보편적인 상식마저 나뉘면서 모두가 제각각 천국이다. 우리 주변의 중국이나 일본, 러시아가 가볍게 볼 이유를 우리 스스로가 제공하고 있다. 가진 것이라고는 인간자원밖에 없는 나라에서 모두 편 가르기에 앞장서고 있다.

아무리 유능하고 귀중한 자원이라고 평가를 받아도 진영논리에 의해 먼지처럼 사라지는가 하면, 능력이 안 돼 국민에게 조롱을 받아도 중책을 맡아 짧은 혀를 놀린다. 그러니 앞에서 예를 든 나라들의 처지가 부럽기만 하다.

1인당 GDP 규모는 국력을 판단하는 기준이 되지 않는다. 그까짓 주머니 사정이 조금 더 낫다고 국민의 수준이나 국가의 이미지가 더 좋게 평가되는 것은 아니다. 영국과 이스라엘이 우리에게 그것을 적나라하게 보여주고 있지 않은가.

잘되고 못 되는 사람들에 이유가 있듯이, 부강하고 쇠퇴하는 나라는 나름 그 이유 속에서 성장하고 쇠멸한다. 역사가 그것을 잘 말해주고 있다. 나이가 들수록 행복도가 높아지는 서구와 달리 나이가 들면서 행복도가 낮아지는 대한민국의 현실.

지금 우리가 살아가는 방식을 보며 스스로에게 묻는다.
'우리는 과연 어디로 가고 있는가.'

No Sex Please,
We're British

영국인들은 우리가 이해하는 것처럼 점잖고 과묵을 덕목으로 여기며

과거의 영광에만 집착하는 보수적인 성향의 국민이 아니라는 결론에 이르렀다.

다른 국가들과의 상대성이라는 측면에서는 일부 공감이 되지만 전체적으로

그들은 진취적이고 역동적이며, 창의적이고 가치를 생산하는

성향의 민족이라는 생각이 든다.

글의 제목은 1971년 6월 런던의 공연장이 밀집한 웨스트엔드(West End)에서 무대에 올라 1987년까지 장장 16년간 총 6,761회 공연했던 연극의 이름이다. 클리프 오웬(Cliff Owen)이 연출을 하고 앨리스터 푸트(Alistair Foot)와 연출가이자 배우인 앤소니 메리어트(Anthony Marriott)가 각본을 썼다. 무대에서의 성공을 계기로 미국 브로드웨이에서도 장기공연을 했으며 연극의 흥행을 바탕으로 영화로도 만들어졌다. 연극은 섹스에 대한 본성과 위선을 결합시킨 풍자극으로 복잡하게 얽히는 사건들을 통해 넘치는 웃음을 선사하며 점잖은 척하는 영국인들의 속내를 적나라

하게 파헤친다.

오랜 기간 유럽연합의 회원국으로 활동하다가 결국엔 탈퇴했지만, 영국인들은 '영국인답다'거나 혹은 '영국인스러움'에 집착하는 경향이 강하다. 우리 눈에야 프랑스인이나 독일인 그리고 이탈리아와 스페인사람들이 영국인들과 별로 달라 보이지 않지만, 그들은 자신들의 정체성을 분명히 이해한다. 영국인들을 다른 민족과 손쉽게 구분하는 특징은 언어나 영토처럼 눈에 보이는 것이 아니라 오랜 역사와 문화를 통해 축적된 눈에 드러나지 않는 가치와 전통에서 찾을 수 있다. 그리고 그들은 자신이 영국인임에 늘 강한 자부심을 느끼며 살아간다.

영국의 밤은 지루하다. 퇴근 시간이 조금 지나고 나면 길거리는 순식간에 한산해진다. 지방 도시를 이야기하는 게 아니다. 세계적인 대도시 런던의 풍경이 그렇다는 것이다. 그나마 런던 시내 중심가 레스터 스퀘어(Leicester Square)역 근처의 차이나타운이 있는 소호(Soho)지역은 다소 예외적인데 주변에 많은 술집과 공연장, 극장들이 몰려 있어서 조금 늦은 시간까지 사람들이 오가는 모습이 드문 경우라고나 할까.

반면에 남부 유럽의 이탈리아나 스페인은 두말할 나위도 없지만, 중부유럽의 네덜란드나 프랑스, 독일의 도시도 영국에 비해 활기차다. 상대적으로 작은 나라인 네덜란드만 해도 수도 암스테르담 광장 앞에 운하를 끼고 늘어선 소위 홍등가는 많은 관광객으로 밤늦도록 어수선하며 헤겔의 모국 독일의 프랑크푸르트역 주변도 인종별, 대륙별로 특색을 달리하는 홍등가가 있어 소문을 듣고 구경 온 관광객들의 호기심을 자극하며 밤을 밝힌다. 북유럽의 스웨덴이나 노르웨이, 덴마크도 은밀한 밤 문화가 존재한다.

이에 비해 런던의 밤은 일찍 해가 저문다. 거리는 고요하고, 사람들은 대개 집안에서 밤 시간을 보낸다. 영국 TV 프로그램도 다른 유럽 국가들보다 호색스럽지(?) 않고 점잖은 내용을 방영한다. 그렇다고 청교도 사상의 모국이었던 영국인들이 늘 근엄하고 도덕을 중시하며 일상에서 점잖고 신사다움을 드러내는 것은 아니다.

이제는 왕의 자리에 앉은 찰스 3세도 왕세자 시절 국민의 사랑을 받던 아름다운 다이애나비를 제쳐두고 젊은 시절부터 사귀어오던 이혼녀 카밀라 파커볼스와 스캔들을 일으키지 않았던가. 여왕의 둘째 아들 앤드류 왕자도 비슷한 일로 이혼했다. 사회의 모범이 되어야 할 왕실의 중요 인물들이 그 정도니 평범한 시민들의 삶이야 두말할 나위가 없다. 자신보다 24세가 연하인 여자 친구와 결혼식을 올린 보리스 존슨 전 총리는 해외의 국가지도자 가운데 염문설이 많은 것으로 유명했다.

영국에서 친구나 주변에 여성을 소개할 때 흔히 이런 표현으로 구분하곤 한다.

"She is my girlfriend." (나와 동고동락하는 애인이라는 뜻이다. 가끔 Girlfriend 대신에 Partner라고도 말하는데, 이때는 상황을 잘 파악해야 한다).

"She is my friend" (같이 술도 마시고 공원에도 놀러 가고 식사도 종종 하지만 나이 불문의 단지 여자 친구라는 뜻이다).

여성이 남자를 주변에 소개할 때도 마찬가지다.

그들은 대상을 그렇게 구분하고 또 그런 관계를 유지하며 살아간다.

이웃 국가 프랑스는 이런 영국인의 행태를 못마땅하게 생각한다. 자신들처럼 분명하지도 않고 '도대체 저 관계가 뭐냐?'는 의심을 늘 갖게 만드는, 뭔가 석연치 않다는 것이다. 그들은 영국인들을 척박한 토양에서 먹는 음식이라고는 'Fish & Chips'밖에 모르는, '먹는다.'는 거룩한 행위에 대해 예의를 갖출 줄 모르는 야만스러운 민족쯤으로 생각한다. 둘러싼 환경처럼 '음습하고 속내를 짐작하기 어려운 고립된 섬에 살고 있는 음흉한 인간들' 정도로 그들을 대한다.

영국 사람들이 프랑스인을 보는 관점도 그리 고상하지 않다. 늘 바쁜 척하고 생각보다 몸이 먼저 움직이며 말이 너무 많아 머릿속의 생각이 정리되기도 전에 입으로 내뱉는 성마른 인종으로 그들을 본다. 게다가 문명을 대하는 습관도 정신이 없을 정도여서 갑자기 혁명을 일으켜 인접 국가들을 놀라게 하거나 깊이 생각해 보지 않은 해괴한 논리를 놓고 현실에서 답을 찾으려 온갖 궁리를 하는 민족쯤으로 이해한다. 영국인들 중에는 프랑스사람들에게는 차의 열쇠를 맡겨선 안 된다고도 생각하는 사람들이 있다. 사실 프랑스인들의 운전습관은 인접 국가인 이탈리아 사람들과 우열을 가리기 어려울 정도로 난폭한 것으로 알려져 있는데, 영국에서는 식민지 출신의 시민들이 그런 무질서한 습관이 있다고 믿는 사람들이 의외로 많다.

전형적인 영국 신사와 대화를 할 기회가 있었다. 차를 마시는 자리임에도 영국식 조끼를 입은 슈트에 넥타이를 매고 모자까지 쓰고 나왔다. 말은 부드럽고 천천히 그리고 사려 깊은 태도에 종종 고상한 유머를 섞어가며 영국인의 일상을 가벼운 주제를 선택해서 대화를 했다. 그러다가 우연히 프랑스를 얘기할 기회가 있었다. 그러자 갑자기 그가 달라졌다. 평소의 생각을 자연스럽게 애기해야 하는데 마음이 그렇지 못하니 표정과 표현의 불일치를 느낄 수 있었다. 마침내 점잖은 신사가 긴 얘기를 마무리하며 내린 결론은 이랬다.

"프랑스라는 나라는 저런 사람들이 살기에는 땅이 너무 아까워요."
이 말을 하며 그는 신사답지 않게 눈을 찡긋했다.

하루에도 사계절이 있다는 영국의 척박한 땅, 그마저도 늘 비가 오고 바람이 불며 농사라고는 감자와 당근 이외에는 특별히 기대할 게 없는 척박한 토양에 사는 영국인들 눈에 늘 질서 없이 어수선하게 사는 프랑스인들에게 광활하고 비옥한 논과 밭, 게다가 그곳에서 자라는 아름다운 꽃들과 풍부한 포도 재배로 세계적으로 유명한 와인까지 생산이 되는 현실은 얼마나 불공평한 일인가.

영국 사회 안에는 분명한 이중 잣대가 존재한다. 그것은 지구 인구와 영토의 4분의 1을 식민지로 경영하며 가졌던 '신이 부여한 역사적 책무'로 인한 것일 수도 있고, 혹은 다양한 역사·사회·문화적 요인들이 결합해 형성된 것일 수도 있다. 그런 잣대 중 하나가 왕실과 이혼녀이자 유색인종 출신인 해리 왕세손의 부인 메건 마클과의 갈등 배경으로 자리 잡고 있는지 모른다.

그런 이유로 프랑스 전 대통령이었던 프랑소와 미테랑의 스캔들이 언론에 보도되고 숨겨두었던 딸이 공론화되는가 하면, 마크롱 현 대통령이 재학 중 선생이었던 여인의 이혼 사유를 제공하고도 결합해서 행복하게 사는 모습과 달리 다이애나 왕세자빈의 스캔들을 영국 국가정보기관까지 동원해서 막으려고 했던 것은 아닐까.

살면서 관찰해 보니 영국인들은 우리가 이해하는 것처럼 점잖고 과묵을 덕목으로 여기며 과거의 영광에만 집착하는 보수적인 성향의 국민이 아니라는 결론에 이르렀다. 다른 국가들과의 상대성이라는 측면에서는 일부 공감이 되지만 전체적으로 그들은 진취적이고 역동적이며, 창의적이고 가치를 생산하는 성향의 민족이라는 생각이 든다. 그들은 당당하고 자신감이 넘치며 환경에 적극적으로 적응하는 이중적 성향이 있는 실용적인 국민이다. 세계를 정복하던 그들의 진취적인 성향은 제국을 이루지 않았던가.

그들이 얼마나 역동적인지 영국 축구경기에 열광하는 관중들을 보라. 문학, 의회제도, 사법체계, 기술과 산업 발전은 물론 영화와 연극, 뮤지컬 등 문화 분야에서 나타나는 영국인들의 창조적인 발상을 상상해 보시라. 창의적인 사고의 결과 1997년 토니 블레어 노동당 정부에 의해 만들어졌고 1차, 2차, 3차 산업에 이어 오늘의 영국을 이끌어 가는 중요 산업이 된 창조경제의 사례를 보라. 창조경제의 아이디어는 일본과 한국에서 시간을 두고 가져갔다. 그들은 열악한 자연환경과 결코 우월하지 않은 여건 속에서 늘 상상하고 고민하고 실행한다.

2021년 4월 11일 영국 런던의 '로열 앨버트 홀(Royal Albert Hall)'에서 열린 영국 아카데미상 시상식에서 여우조연상을 수상한 윤여정의 수상소감이 어록이 되었다. '고상한 척하는 영국인들(Snobbish British People)'이 자신을 명배우로 인정해 줘 감사하다는 내용이다. 시상식의 진행을 맡은 유명배우 데이비드 오옐러워가 폭소를 터뜨릴 지경이었으니 적당한 장소에서 정확한 표현을 적절하게 한 것이다. 짐작건대 보도를 통해 윤여정의 소감을 들은 프랑스인들은 정말 통쾌했을 것이다.

영국이 1973년에 가입한 이래 유지해오던 유럽연합의 회원국 지위를 스스로 버리고 다시 고립된 섬이 되었다. '혼자 가면 빨리 갈 수 있어도 같이 하면 멀리 있는 길을 갈 수 있다(If you want to go fast, go alone. If you want to go far, go together).'는 말이 있는데 영국은 독자적인 판단으로 힘든 길을 선택했다. 안전하고 편안한 길을 가는 인간의 본능, 본성을 버리고 또 다른 새로운 길을 개척하려는 영국인의 항해를 주목하지 않을 수 없다. 얼마 전 96세의 나이에 영면에 들어간 나라의 어른이었던 엘리자베스 2세 여왕의 죽음을 맞아 영국인들은 슬픔과 좌절을 딛고 새로운 결심을 하게 될 것이다.

'좋아! 우리 다시 시대를 개척해 보자구!'

우리의 눈에 영국인들의 밤은 앞으로도 지루할 것이다. 그들도 자신들의 밤을 무료해 할까? 혹시 미소를 지으며 이렇게 조용히 중얼거리지 않을까?

'No Sex Please, We're British.'

그들은 또 그들의 길을 갈 것이다.

우리와는 5,500마일가량 떨어진 녹록지 않은 자연환경과 척박한 주변 여건도 비슷한 '중강국' 영국의 현재 모습을 보며 우리를 되돌아본다.

우리도 이제는 '우리다움'으로 무장해야 하지 않을까.

비아그라 맥주와
수학자 뉴턴의 공통점

'깊이 사색하고 독창적으로 생각하라.'

그들의 생각이 깊어질수록 영국이 발전할 것임이 분명하다.

얼마 전 신문에 "세계 최초로 탄소 네거티브 맥주가 탄생했다."라는 기사가 보도되었다.

"맥주를 만들면서 내뿜는 탄소를 계산해보니 너무 많은 거예요. 그래서 나무를 심어 그 탄소들을 공기 중에서 없애자는 아이디어를 내게 됐죠."

영국 스코틀랜드에 강남구 면적에 육박하는 부지를 사들여 대형 숲을 조성하겠다고 발표한 영국 맥주 회사 '브루독(Brewdog)' 공동 창업자 마틴 디키(Martin Dickie)의 말이다. 올해 41세(창업 당시는 훨씬 어렸다).

"우리 어른들이 충분히 지구와 자연환경을 즐긴 것처럼 우리 아이들, 손자, 증손자들이 살기 좋은 자연에서 즐거운 삶을 누릴 수 있기를 바라는 마음에서 하는 일"이라고 말했다. 후손들이 좋은 환경에서 살도록 하겠다는데 누가 반대를 하랴. 열혈 환경주의자들이 목소리 높여 할 얘기를 맥주 회사 오너가 대신 한 것이다.

이를 위해 100만 그루의 나무를 심어 숲을 조성하였고 맥주를 만들 때 쓰는 홉을 운반하는 데 쓰이는 연료를 줄이기 위해 홉 농장 근처로 양조장을 옮겼다. 만들어진 맥주를 배송할 때 쓰는 트럭도 전부 전기 트럭으로 바꿨다. 다 후손들을 위해서란다. 이 아이디어에 영국 시민 20만 명이 동참해 376억 원을 크라우드 펀딩에 투자했다.

디키는 '지루하고 맛없는' 영국 맥주에 신선한 충격을 주겠다며 2007년에 친구 제임스 와트와 맥주 회사를 창업했고 제품마다 독창적인 아이디어가 번뜩였다. 독재자 러시아 푸틴 대통령을 조롱하는 맥주를 만들어 크렘린궁에 보내기도 하고, 왕실의 '윌리엄 왕세손과 케이트 미들턴(Prince William and Kate Middleton)'의 결혼식에 맞춰 비아그라 성분이 들어간 맥주도 만들어 냈다.

세상이 심심한 젊은 세대가 이들에 열광했다. 그러자 다 같이

"건강한 지구를 위해 조금씩 노력하자."고 캠페인을 벌여 탄소 네거티브 맥주의 탄생을 알린 것이다. 생각이 기발하고 창의적이며 전략적이다.

세상에서 가장 큰 그림도 2020년 사차 자프리(Sacha Jafri)라는 인도계 영국 화가에 의해 완성되었다. '인류의 여정(The Journey of Humanity)'이란 제목의 그림은 농구장 4개 크기로, 캔버스에 그린 역대 최대 규모 그림으로 기네스북에도 등재됐다. 코로나로 봉쇄된 7개월 동안 하루 20시간씩 작업하며 물감 5,300리터, 붓 1,065개를 사용했다는데 상상하는 것조차 어렵다. 취지에 공감하는 호텔이 작업공간을 무상으로 제공했다.

전 세계 140개국 어린이들이 보내온 수천 점의 스케치와 드로잉을 인쇄해서 빈 캔퍼스 위에 붙이고 덧칠을 해서 완성한 작품은 경매에서 700억 원에 낙찰됐고 세상에서 넷째로 비싼 생존 작가의 그림이 되었다.

"어린이들의 삶에 실질적인 변화를 가져다줄 뭔가를 창조하고 싶었다."는 게 창작 의도였다.

조금 비슷한 느낌이 난다. 신선한 아이디어로 작업을 주도하되 후원을 받아 사업을 확장하고 작품(혹은 상품)도 인정받으며 세계적인 명성까지 얻는다.

2차 산업혁명, 3차 서비스산업 혁명을 모두 주도적으로 운영했던 영국이 또 다른 국가발전을 모색하며 내건 '창조경제(Creative Economy)'의 아이디어에서는 이런 생각들이 스멀스멀 드러난다. 새로 공장을 짓거나 관념이나 인식의 틀을 뒤집지 않고 기존의 것을 되살리는 아이디어로 국부를 창출하는 것.

창조경제는 1997년에 집권한 젊은 총리 토니 블레어(Tony Blair)의 '영국 살리기' 프로젝트의 이름이다. 이후 일본을 거쳐 한국에까지 도달했지만, 뭐든 원조를 따라잡기는 어렵다는 진리를 확인시켰다.

돌이켜 생각해 보니 영국에서 공부하면서 가장 많이 들었던 얘기가 '너는 어떻게 생각하는데?'라는 말이었다. 어떤 문제든 '네 생각은 무엇이냐?'를 묻고 있는 것이다. 남과 다른 독창적인 생각. 평가는 그것에 달려 있었다. 따라서 늘 고민하고 머리를 짜내야 했다.

우리는 살면서 수많은 문제에 직면하고 고민하며 살아간다. 그런 가운데 문제의 핵심을 자신의 판단으로 정리한다는 것은 중요한 의미를 가진다. 세상이 어떻게 돌아가든 내가 내 삶의 주인이라는 확신과 존재감. 그래야 세월을 무심히 보내듯 사회의 일시적인 조류에 덤덤하고 유행에 민감한 대신 '레트로(Retro)'에도 당당하게 되지 않을까.

영국 교육의 핵심은 창의성 있는 사람을 만들어 내는 게 목표다.

"학교에서 (친구들과 다른) 답을 찾기 위해 생각을 해보았니?"

친구들과 구분되는 창의적인 내용의 답을 찾기 위해 고민해 보았냐는 게 수업을 마치고 집에 돌아온 아이를 대하는 영국 엄마 질문의 의도다.

"오늘 학교에서 뭐 배웠니?"

앞에서도 언급한 것처럼 일상적으로 엄마가 아이에게 던지는 우리의 질문과 많이 다르다.

세상의 이치, 규범, 가치관, 상식 등을 놓고 무조건 따르기보다 나름대로 자신이 정립한 기준으로 고유한 생각을 해본다는 교육 방식은 아이들의 사고를 자유롭게 해주고 무한한 상상력을 갖도록 만든다.

단지 교육뿐이랴. 인류 역사상 가장 뛰어난 수학자 선정 조사에서 늘 1등을 차지하는 인물이 뉴턴이다. 그는 명문 케임브리지대학에서 수학과 물리학을 공부했는데 대학 생활에서 "끊임없는 밤샘 공부로 병에 걸렸다."는 사실만 기록에 남아 있다고 전해진다.

뉴턴이 남긴 가장 유명한 책은 1687년에 발표한《프린키피아 (Principia)》. 이 책에서 그는 수학과 과학의 역사에서 찬사를 받은 3가지 법칙을 만들었다. 제1 법칙은 '관성의 법칙'으로 모든 물체는 외부에서 힘을 가하지 않으면 주어진 성질을 유지하려는 성질이 있는데 우리가 달리다가 한 번에 멈추지 못하는 게 관성 때문이라는 사실을 그가 밝혀냈다

　제2 법칙은 '중력의 법칙'으로 모든 물체는 지구 중심으로 떨어지는 성질이 있는데 하늘을 향해 돌을 던지면 언젠가 땅에 떨어진다는 내용이다. 제3의 법칙은 '작용과 반작용의 법칙'으로 어떤 상황에서든 힘이 단독으로 작용하지 않는데 단단한 벽을 밀면 우리 몸도 반작용으로 밀리는 성질이 있는바, 이게 핵심이다.

　오늘날 우리가 명쾌하게 이해하는 이런 증명을 밝히기 위해 뉴턴은 하루에 18~19시간 동안 연구에 집중했는데 질문의 주제를 끊임없이 생각하며 깊이 사색하는 습관의 소유자였다. 덕분에 평생을 독신으로 살았지만.

　영국의 기네스는 맥주 회사로 유명하지만, 세계기록을 인증하는 기관으로서 명성이 있다. 지구상에서 무엇이든 색다르고 독창적인 것에 대한 평가가 여기에서 이루어진다.

그래도 한 때 세계 1등 국가였는데 그게 우연히 이루어지기야 했을까.

'깊이 사색하고 독창적으로 생각하라.'

그들의 생각이 깊어질수록 영국이 발전할 것임이 분명하다.

지루하고 맛없는 영국 맥주보다 더 밋밋한 국산 맥주를 마시면서도 우리는 시대정신이라는 유행성 레토릭에 너무 휩쓸리며 살고 있는 것은 아닐까.

그런데 비아그라 성분이 첨가된 맥주는 도대체 어떤 맛일까?

한국인의 지식과
영국인의 지혜

구성원 모두에게 이익이 되는 목표를 위해 정진하는 지혜로운 인물들을
양성하는 안목을 갖게 되기를 고대한다. 지식과 지혜는 인간에게 모두 필요한
덕목이지만 우리 눈앞에 펼쳐져 있는 현실을 바라보면 우리에게는
지식에 더하는 지혜가 요구되는 시점이 아닌가 싶다.

처음 영국의 재래시장에 가서 사람들이 계산하는 방법을 목격하고는 실소를 금치 않을 수 없었다. 채소 가게에 들러 일주일 치 분량의 과일과 채소를 사고 계산을 할 때마다 상인들이 짓는 표정을 보고 난 이후다. 영국 화폐의 가장 큰 단위는 50파운드짜리 지폐 그리고 20파운드, 10파운드, 5파운드 지폐와 2파운드, 1파운드 동전이 있다(파운드 이하는 펜스가 있다).

가령 물건값이 23파운드가 나왔고 필자가 50파운드 지폐를 건네주면 상인들은 대개 당황해했다. 그리곤 돈 바구니에서 돈을 꺼

내 50을 맞춰가며 정산을 했다. 1파운드 동전 두 개를 필자의 손바닥에 얹어 25를 만들고, 5파운드 지폐를 한 장 또 얹으며 30, 그리고 10파운드 지폐 두 장을 다시 얹어주며 50을 맞춘 다음에야 비로소 계산이 잘 끝난 거 같다며 미소를 지었다.

매주 한 번씩 주말에 장을 봤으므로 이런 풍경은 필자에게도 익숙한 일이 되었다. 생선가게나 정육점도 마찬가지였다. TESCO나 Sainsbury 같은 대형 마트에서는 카드로 쉽게 해결하니까 이런 일이 별로 없지만, 재래시장은 늘 이런 모습이었다.

점차 상인과 얼굴을 익히고 서로 농담도 하는 관계가 되면서 필자는 50파운드짜리 지폐를 낼 때마다 내가 받을 돈을 미리 말했다. 32파운드가 나왔을 때는 18파운드 거스름돈을 달라고 말했고, 17파운드가 나왔을 때는 33파운드를 내게 주면 된다고 했다.

영화 '노팅힐'의 남자 주인공 휴 그랜트처럼 생겨 채소 가게를 운영하기엔 인물이 아까워 보이는 젊은 가게 주인은 처음에는 필자의 암산에 적잖이 놀라는 것 같더니 단골이 되면서 필자가 가게 입구에 들어서면 수학 천재가 왔다고 웃으며 농담을 건네곤 했다. "어떻게 그걸 그렇게 빨리 계산하느냐?"며.
그는 주변 상인들에게 입소문까지 내주었다. 필자는 그게 영국인들의 유머인 줄 알았다. 시간이 지나면서 그게 그들의 셈법이라는 것을 알게 되었다.

그들과 달리 우리는 보통 계산을 해서 딱 떨어지는 셈을 한다. 가령 50에서 27을 빼면 23이 남아 머릿속에는 제로 상태가 되는 완벽한 셈법이다. 뭐든 이런 식으로 딱 떨어지는 깔끔한 셈법을 우리는 선호한다. 이런 인식은 일상에도 그대로 적용되어 애매모호한 것보다 '도 아니면 모'라는 분명한 결론을 선호한다.

그럼 영국인들은 어떨까.

우리가 보통 계산을 해서 딱 떨어지는 깔끔함을 선호하는 반면에, 그들의 셈법에는 넉넉함이 있다. 그들은 빼기보다는 계속 더하는 방식으로 목표를 달성해 나간다. 앞서 얘기한 채소 가게 주인에게 익숙한 방식이다. 이런 관습은 다양한 분야에서 보편적인 경향을 띠는데, 궁극적으로는 영국 사회를 넉넉하고 관대하며 풍요롭게 만든다.

사람에 대한 평가는 어떨까.

사계절이 뚜렷하고 그 덕분에 다양한 농사가 가능한 우리와 달리 영국은 척박한 환경 속에 비와 바람이 잦은 편이라 감자와 당근 정도 외에는 특별한 농산물이 있나 싶다. 사과나 배도 재배하지만, 우리 것과 비교하면 맛은 천지 차이다. 영국은 자연환경 면에서도 우리보다 더 열악한 형편이라 끊임없는 인간자원의 개발로 국가발전의 초석을 쌓는다.

역사적으로 우리와 일본처럼 지리적으로 가까운 영국과 프랑스는 서로 '견원지간(犬猿之間)'이라 해도 과언이 아니다. 척박한 환경의 영국과 프랑스의 비옥한 토양과 햇살 가득한 기후 차이는 "프랑스라는 나라는 저런 사람들이 살기에는 참 아까운 땅"이라는 탄식이 영국인의 입에서 저절로 나오게 만든다. 오래전 마주 앉아 대화를 나누던 50대 중반의 영국 신사로부터 직접 들은 얘기인데 자신들과 대비되는 프랑스의 기후와 자연환경이 부러운 나머지 은근한 질투심에서 나온 마음속 표현임이 분명하다.

그런 형편이니 인간 자본의 양성을 위한 노력은 치열하다.
창조 능력이 필요한 예술과 문화 그리고 과학기술 분야에서 영국인의 창의성은 가히 세계적이다. 어릴 적 교육이 그 바탕이 된다. 이런 배경 속에서 발전한 인물과 문화자산이 다수를 먹여 살린다. 창의적인 교육과 거기에서 체득한 창조적인 사고는 영국이라는 나라의 성장과 발전에 눈에 띄지 않는 엄청난 무기이자 자산이다.

영국에서는 교육현장에서 학생들의 독특하고 도발적인 발상, 혹은 집단이나 사회에서 절대적 소수 의견이 되는 견해에 대해서도 격려하고 응원하는 전통이 존재한다.

"비록 지금은 너 혼자의 생각이지만 꾸준히 관심을 갖고 연구하면 사회에 도움이 될 수 있는 좋은 견해가 될 거야."

학교나 조직 내에서 왕따 문화가 존재하며 주관식 문제에서조차 정답을 찾아내야 하는 우리의 딱한 현실에서는 상상하기 어려운 문화다.

셰익스피어와 디킨스를 탄생시키며 세계 문학사의 중심에 자리잡고 있는 영국 문학은 이혼녀이자 싱글맘 그리고 정부 보조금에 의존하며 글을 쓰던 조앤 롤링에 의해 다시 한번 전성기를 맞고 있다. 이들은 자신의 창의적이고 고유한 견해를 발전시키며 시민들을 자극하고 시민들도 이들의 노력과 성과를 지지하고 지원한다. 그들에게 인간적인 흠결이 왜 없었겠는가.

이렇게 '더하는 문화' 속에서 영국은 다른 국가 작가들의 작품들을 재해석하여 '세계 4대 뮤지컬(Big Four)'을 탄생시켰고, 각국의 재주 있는 선수들을 받아들여 세계 축구리그를 선도하는 '영국 축구리그(EPL, English Premier League)'라는 거대한 축구 시장을 운영하는가 하면, 과거 식민지 국가들을 묶어 다양한 인종을 백인

사회인 영국에 융합시키며 '영연방(the Commonwealth)'을 탄생시켰다. 그리고 결국은 '영국 제품(Made in UK)'으로 세계 사람들에게 인식시킨다(법, 금융시스템, 의회제도 등은 너무 거창한 분야가 되니 설명을 생략한다). 영국의 더하기 문화가 앞에 놓인 신선한 재료들을 이렇듯 세계적인 작품으로 가치를 높이는 역할을 한 것이다.

사람 사는 사회는 어디든 다재다능한 인물일수록 구성원들 사이에서 질시의 대상이 되게 마련이어서 그런 인물들이 성장의 정점을 찍는 것을 찾아보기 어렵다. 그런데 이런 경향은 우리 사회가 특히 그렇다. 우리는 어느 조직에서든 선배나 동료 그리고 후배들에게 긍정적으로 평가받는 능력 있는 인물이 제 역량을 발휘하지 못하고 중간에 낙오자로 전락하는 경우를 어렵지 않게 목격한다. 그런 인물일수록 대부분 견제나 질시 그리고 모함으로 자리에서 일찍 떠나게 되기 때문이다. 그런 현상이 어제오늘의 일만은 아니다.

그러니 국가가 위기에 직면했을 때 문제를 해결할 적합한 인물을 찾기 어렵다. 그저 연줄에 의존하여 자리나 보존하고 있던 위인들이 제 역할을 못 하니 힘없는 백성들이 희생당하는 사례는 수없이 반복되는 우리의 민낯이다. 유일하게 가진 자산이 인간 자본밖에 없는 나라에서 세계적인 인물의 배출이 어려운 것이 그런 문화 탓이다. 그런 까닭에 오늘날 세계적인 인물로 평가받는 한국인들은 대개 서구 선진국에서 활동하는 사람들이다. 손흥민이나 조수미 등이 쉽게 찾아볼 수 있는 사례가 된다.

"만일 손흥민이 국내에서 축구 인생을 시작했다면 지금쯤 특별한 존재감이 없는 평범한 선수가 되었을 것이다." 모든 축구인이 공통으로 하는 얘기다.

사람은 서구사회에서 흔히 볼 수 있는 격려와 칭찬 그리고 과오나 실수를 감싸주는 문화 속에서 성장하는 법이다. 특정 인물이 갖고 있는 능력을 모함하고 폄훼하는 문화와 토양 속에서 어찌 위인이 나오겠는가. 사람을 헐뜯는 문화는 결국은 다 같이 망하자는 것임에도 불구하고 우리 사회에서 유독 극성이다. 오죽하면 "너 죽고 나 죽자."라는 말이 생겨났을까.

이제는 우리 사회도 얄팍한 지식으로 눈치 빠른 셈법이나 하면서 집단의 이익을 위해 국익에 해를 끼치는 현실조차 판단할 줄 모르는 인물을 양성하는 태도에서 벗어나길 기대한다. 그리고 구성원 모두에게 이익이 되는 목표를 위해 정진하는 지혜로운 인물들을 양성하는 안목을 갖게 되기를 고대한다. 지식과 지혜는 인간에게 모두 필요한 덕목이지만 우리 눈앞에 펼쳐져 있는 현실을 바라보면 우리에게는 지식에 더하는 지혜가 요구되는 시점이 아닌가 싶다.

서로 다른 생각
이해하기

바람직한 사회는 새의 날갯짓처럼 좌우가 같이 움직여 미래를 보고
나아가는 모습일 것이다. 신문 3면을 몰래 열고 반라 여인의 풍만한 몸매를
감상하는 것도 아닌데 커피 한잔 여유롭게 마시며 신문 하나도 제대로
읽기 힘든 세상에 살고 있다. 평범하게 산다는 건 정말 어려운 일인가.

영국 사람들은 신문을 즐겨 읽는다. 아침 출근길에는 전철이나
기차 안에서 신문을 읽는 사람을 쉽게 만날 수 있다. 영국 신문은
흔히 일용직 노동자계층이 읽는 신문과 중산층 이상이 읽는 신문
으로 구분할 수 있는데 전자를 '타블로이드판' 신문이라고 하고,
후자는 보통 우리가 읽는 판형으로 '크라운판'과 '스탠다드판'이라
고 말한다.

타블로이드형 신문은 무가지 〈Metro〉를 제외하면 〈The Sun〉,
〈Daily Mirror〉가 대표적인데 글씨를 축약하고 은어 등이 많은

데다가 3면에는 늘 육감적인 몸매를 가진 반나체의 여인 사진이 들어있는 것으로 유명하다.

흔히 식자층이 읽는 신문으로는 보수성향의 〈Daily Tele-graph〉와 진보성향의 〈The Guardian〉 그리고 우리에게 익숙한 중도성향의 〈The Times〉와 〈The Independent〉 등으로 구분한다.

이들 신문 독자의 성향을 특징짓는 말로 '나라를 이끌고 있다고 생각하는 사람들은 〈Daily Telegraph〉를, 사회를 개혁하려는 의지가 강한 사람들은 〈The Guardian〉을 주로 읽는다.'라고 말하기 좋아하는 사람들은 주장한다.

그러나 〈The Sun〉의 열렬한 독자나 〈Daily Telegraph〉의 과묵한 독자는 상대방이 무슨 신문을 읽든, 혹은 무슨 생각을 하든 관심을 두지 않는다. 그들 모두가 사회의 구성원이자 국가가 필요할 때 기꺼이 나서 각자의 충실한 역할을 담당할 개별 주체이기 때문이다.

영국 시민들은 산책하기 좋은 넓은 잔디가 있고 숲이 가까운 교외에서 사는 것을 선호한다. 따라서 가까운 역에 차를 주차해두고 대부분 전철이나 기차를 타고 시내로 출근한다.

그런 가운데 혹시 몸이 아픈 여성들이 기차 좌석에 앉아 〈Daily Telegraph〉 신문을 읽고 있는 사람에게 "몸이 불편해서 그런데 자리를 좀 양보해줄 수 있겠느냐?"고 물으면 자리를 양보받을 승산이 크다고 한다. 그들을 대개 '신사(Gentleman)'라고 부르는데, 국가에 대한 헌신과 사회 공동체를 위해 기꺼이 희생하려는 그들의 의식과 태도에 대한 존경의 의미가 담겨있다.

보수성향의 〈Daily Telegraph〉나 중도보수 성향의 〈The Times〉지 독자들은 영국의 전통적 가치, 신사로서의 양식과 태도, 가정과 사회 내에서 중시되어야 할 중요한 가치와 덕목을 지키는 것이야말로 영국이라는 자신들의 조국이 올바른 방향으로 가게 된다는 믿음이 확고하다. 사회 개혁에 대한 의지가 강한 〈The Guardian〉 독자들이 그렇지 않다는 의미는 아니지만.

필자는 신문을 읽는 조금 유별난 습성이 있다. 정부가 보수성향일 때는 진보성향의 신문을 구독하며, 반대로 진보성향의 정부 집권기에는 보수성향의 신문을 정기 구독한다. 특별한 이유는 없다. 단지 정부가 지향하는 바를 비판적인 시각에서 관찰하고 싶기 때문이다.

보수성향의 정부든 진보성향의 정부든 집권당이 되면 정부에 우호적인 매체들의 긍정적인 보도 기사가 차고 넘친다. 따라서 정부의 정책이 제대로 가고 있는지를 이해하기 위해서는 아무래도 정부 비판성향의 신문이나 잡지를 읽는 것이 효율적이기 때문이다.

아무리 유능한 학자라고 해도 혼자의 노력으로 많은 전문가가 모여 있는 언론사의 취재능력과 분석시스템을 능가하는 수준이 되기는 어렵다. 따라서 전문가 집단이 작업해 발간하는 신문이나 잡지 그리고 학술지의 도움을 얻는 것이 효과적이다. 정보를 수집한 후에는 나름의 분석 틀을 마련해 객관적이고 균형 잡힌 시각에 기초해 세상이나 국가가 운영되는 모습을 20년 넘게 가르쳐 왔다.

이런 이유로 인해 종종 오해를 받곤 했다. 보수성향 정부의 집권기에 필자 주변에서는 필자를 좌파 교수라고 대놓고 비판하는 사람들이 있었다. 물론 반대 상황의 경우에도 예외는 없었다. 필자가 구독하는 신문도 오해에 일조를 했을 것이다.

게다가 정치사상을 강의하다 보니 이념의 스펙트럼을 펼쳐놓고 보수의 에드먼드 버크(E. Burke)와 프리드리히 하이에크(F. Hayek), 존 밀(J. Mill)과 존 스튜어트 밀(J. S. Mill) 부자를, 좌파를 대표하는 마르크스(K. Marx)와 레닌(V. Lenin) 그리고 안토니

오 그람시(A. Gramsci)를 강의했으니 한쪽 면만 보고 이야기하기를 좋아하는 사람들은 좋은 명분을 갖고 있었던 셈이다.

필자는 이런 비판을 별로 괘념치 않는다. 사람들은 자기 눈에 보이는 사실에 기초해 평가를 하는 법이니 그들은 조금도 잘못한 게 없다. 비판하는 사람들의 판단이 내 생각과 다름을 어쩌겠는가. 서로 다른 생각을 갖고 있는 사람을 이해한다는 것은 좀처럼 쉬운 일이 아니다. 그래도 굳이 변명하지 않고 의연하게 사는 것이 올바른 것인지, 아니면 적극적으로 해명하며 악착같이 사는 것이 좋은 것인지 알 수 없다.

바람직한 사회는 새의 날갯짓처럼 좌우가 같이 움직여 미래를 보고 나아가는 모습일 것이다. 신문 3면을 몰래 열고 반라 여인의 풍만한 몸매를 감상하는 것도 아닌데 커피 한잔 여유롭게 마시며 신문 하나도 제대로 읽기 힘든 세상에 살고 있다. 평범하게 산다는 건 정말 어려운 일인가.

죄 없는 자가
먼저 돌을 던지라

문화든 예술이든 혹은 경제시스템이나 사회제도든 'Made in Korea'라는

상품과 제도의 발전에 기여한 수많은 사람이 사소한 흠결에도 불구하고

국가의 발전에 이런 공로가 있었다고 우리의 인명사전에 가득히 기록되는 날이

하루빨리 오기를 기대한다.

영국에서 발간되는 대표적인 인명사전으로 《Who's Who》라는 책이 있다. 영국인으로서 사회 각 분야에서 활약했던 인명을 다룬 책인데 거의 3,000페이지 분량으로 무게가 2.5kg이 넘는 데다 깨알 같은 작은 글씨로 인쇄된 두꺼운 분량이다. 매년 정기적으로 발간되는 책이니만큼 그 안에 실린 인물들의 기록을 통해 또 그들의 족적을 쫓아 영국이 변화하는 모습을 관찰하는 데 이만한 자료가 없다.

영국은 사람에 관한 연구가 참 풍성하게 이루어진다. 모든 사람

은 각자 타고난 재능이 있기 때문에 살면서 어떤 형태로든 자신이 속한 집단이나 사회에 흔적을 남긴다. 부정적인 역할을 하는 사람도 물론 있지만, 신문의 '부고(Obituary)'란을 보면 어떤 인물이든 자신이 살았던 시대와 사회에 크고 작은 영향을 끼치며 살다가 타계했음을 알 수 있다.

물론 그들에게도 모든 사람을 온전히 긍정적으로 평가하는 선량한 마음만 있는 건 아니다. 정치판에는 늘 정적(政敵)이 있고, 기업 간에는 경쟁자가 있으며, 자기와 다른 생각으로 앙숙이 되는 파트너가 당연히 존재한다. 심지어 부부간에도 이혼율이 결코 낮지 않은 걸 보면 사람 사는 사회는 어디나 크게 다르지 않음을 깨닫게 된다.

그럼에도 불구하고 그들은 왜 다른 사람의 삶의 궤적에 관심이 많을까. 그들에게는 상품과 달리 사람에 대해서는 얼마간 흠결이 있어도 이해하며 바라보려는 문화가 존재하며, 그들의 삶을 통해 배우려는 자세가 준비되어 있다. 세상에 완벽한 정치인이 어디 있으며 사마리아인 같은 사업가가 또 있을 것인가. 학자도 모르는 부분이 있고, 운동선수도 경쟁에서 실패하며, 탐험가도 중간에 포기하는 사람이 있을 것이다. '그런 까닭에 사람이 아니냐.'는 생각이 보편적이다.

아이가 자라서 성인이 될 때까지 수많은 일에 연루되어 좌절하면서 성장하듯이 긴 인생길을 놓고 보면 사소한 흠결은 자연스러운 것이다. 그런 까닭에 흠결이 있는 사람도 많은 장점을 가진 인물이니만큼 그가 추구하던 분야에서 성공한 반열에 오르게 되면 긍정적으로 평가하며 배우려는 자세를 갖는 것이다.

반면에 그들의 엄격함은 상품을 놓고는 여실히 드러난다. 문제가 있는 상품의 반품은 제도적으로 확실히 보장한다. 모든 법률이나 규정은 철저히 소비자 입장에서 만들어져 있으므로 고객의 불만이 대충 넘어가는 법은 없다. 먹고, 마시고, 입고, 이용하며, 거주하는, 심지어 해외여행을 포함하는 모든 형태의 상품에서 그들은 소비자를 보호한다. 다시 말하면 기업의 이익보다 시민들의 이익을 우선적으로 보호하며 그것이 국가가 올바르게 운영되는 것이라 믿기 때문이다.

그런 까닭에 우리의 관점에서 보면 쉽게 이해가 되지 않는 현상이 빈번하다. 집의 지붕을 고치는데 이삼일이면 될 것을 한 달이 넘도록 사다리를 오르내리고 목욕탕의 세면대 수리도 일주일은 잡아야 한다. 간단한 차량의 점검과 수리도 인내심이 고갈될 무렵에 다 마쳤다는 연락을 받게 된다. 동네 병원에서는 감기가 저절로 나을 무렵에 진료 일정이 잡혔다고 연락이 온다.

보고 싶은 공연은 일 년 전쯤에 예약을 해야 한다. 사전에 예약한 성실한 고객에 대한 배려가 밑바탕에 있다. 모두 흠결의 발생을 예방하려는 문화 속에서 드러난 현상이다. 사람과 달리 상품에 관한 한 사소한 흠결도 용납하지 않으려는 인식 때문에 정치도 제대로 하지 않으면 국민으로부터 엄청난 비난을 받을 각오를 해야 한다.

영국 어느 서점을 가도 사람에 대한 평전이나 자서전은 늘 상위목록에 올라 있다. 이런 풍경은 그 대상이 정치인이나 작가, 학자, 기업인, 탐험가, 여행가, 예술가와 운동선수나 연예인을 불문하고 장르를 가리지 않는다. 그들이 살아온 과정에서 보였던 끊임없는 노력, 성취의 기쁨과 실패의 쓸쓸한 경험 등이 당사자들의 진솔한 고백이나 제3자의 객관적인 평가에 의해 공정하게 쓰인 까닭에 그런 교훈과 덕목을 배우려는 마음이 사람들에게 깊숙이 자리 잡고 있기 때문이다.

그들은 나라가 발전하려면 무엇보다 사람이 중요하고 사회구조가 이들이 역량을 쏟아부을 수 있도록 제대로 마련되어야 한다는 믿음이 강하다. 이런 생각들이 사회 곳곳에서 실천되고 있다. 생각과 실천이 그저 구호로 끝나며 겉도는 우리와 많이 다름을 알수 있다.

우리의 현실과 한번 비교해 보자.

우리 사회에서는 영역을 가리지 않고 5%의 흠결이 사람을 판단하는 결정적인 요인이 된다. 5%가 아닌 아주 조그만 흠결도 95%를 상회하는 장점을 순식간에 뒤엎는다. 이해하기 어려운 현상이다. 그런 형편이니 개인적으로 역사에서 존경할 만한 인물이라고는 스무 명 남짓한 사람들 외에는 기억하기 어렵다(필자가 과문한 탓일 수도 있겠다). 훌륭한 학자, 백성의 편에 섰던 선각자들이나 유능한 인재도 한두 가지 흠결로 나락으로 떨어지는 경우가 역사에서 수를 헤아리기 어려울 정도다. 우리 역사에서는 훌륭한 인물을 찾는 것보다 이런 경우를 찾기가 훨씬 쉽다.

차라리 흠결이 있으면 그나마 덜 억울할 텐데 패거리 의식이 모사를 꾸며 없는 일을 만들어 내는 못된 전통으로 결국 인재들을 희생시킨다. 그러니 반만년 역사에서 존경할 만한 인물을 찾아보기 어렵게 된다. 나라에 인재가 없으니 당연히 늘 외세의 침략에 속수무책으로 당하거나 국가발전의 동력을 찾는 데 어려움에 직면한다.

사람만 그런 것이 아니다. 상품에 대한 흠결은 오히려 완벽해야 하는데 반대로 나타난다. 문제를 보는 인식이 참 후하다. 거기에도 바탕에 지연과 혈연으로 끈끈해진 집단의식이 존재한다. 그런 지경이니 상품을 만들어 내는 위인들의 인식이 안이하고 안과 밖의 상황에서 완연히 다르다.

　오래전 동아건설이 리비아에 수로 공사를 했다. 얼마나 꼼꼼하고 철저히 공사를 했는지 완공 후에 국제사회로부터 극찬이 쏟아졌다. 그 기업이 49명의 사상자를 낸 붕괴된 성수대교를 공사했다. 채 피지도 못한 어린 학생들이 애꿎은 참사의 희생자가 되었다. 우리나라 건설회사가 해외에 건설한 많은 건축물이 있다. 큰 공을 들여 세계적으로 유명한 건축물 평가에서 이름을 올린 게 한둘이 아니다. 완벽한 시공에 공기를 맞추느라고 밤낮을 가리지 않고 일을 해서 해당 국가에서 큰 찬사를 받았다. 그런데 유독 국내에서의 공사에는 소비자인 국민으로부터 불만이 가득하다. 몇 해 전 광주에서 발생한 현대산업개발의 부실한 공사는 빙산의 일각이다.

　자동차도 국내용과 수출용에 차이가 있고(가격은 오히려 더 비싸고 보장 내역도 크게 다르다), 먹고 마시고 입는 것들 모두에서 한국의 소비자들은 '호갱'이다. 그러니 불만이 터져 나오는 게 당연하다. 금속활자를 만들고 팔만대장경을 주조한 선조들의 후손인 우리가 어찌 이런 사회 속에 살고 있는지 모르겠다. 외국에서의 평가에는 목을 매면서 내부적으로는 소비자인 국민을 홀대하는 이런 사회를 선진국이라고 할 수 있을까.

정견발표나 학술토론에서도 늘 상대방의 지적할 거리를 찾느라 혈안이 되어 있다. 대의를 무시하고 자신만을 드러내려는 소탐대실의 모습이다. 그런 지경이라 "발표자의 의견에 더해 완성도를 높이는 차원에서 몇 마디 말씀드리겠다."라는 표현은 왠지 산뜻하게 느껴진다.

해법은 없는 것일까.

경제적 수치만을 강조하며 선진국으로의 진입에 만족할 것이 아니라 내실을 기하며 서로를 이해하면서 부정적인 면보다 긍정적인 면을 찾아 배우려는 인식의 개선이 없는 한 성숙한 나라로의 발전을 도모하기는 쉽지 않다. 그럼에도 불구하고 어차피 인간인지라 흠이 많을 수밖에 없는 여건 속에서 사회 구성원들에 대한 흠결을 다독여 성숙한 사회로 나아가는 서구사회의 사례를 보면서 그것이 그리 어려운 일은 아닐 것이라는 생각이 든다.

영국의 《Who's Who》와 같이 문화든 예술이든 혹은 경제시스템이나 사회제도든 'Made in Korea'라는 상품과 제도의 발전에 기여한 수많은 사람이 사소한 흠결에도 불구하고 국가의 발전에 이런 공로가 있었다고 우리의 인명사전에 가득히 기록되는 날이 하루빨리 오기를 기대한다.

이른 새벽의
공정함 타령

국제경제사 시간에 '전후 일본경제의 부흥'이라는 주제의 강의에는
일본 유학생과 필자 같은 한국 학생 사이에서 의견 충돌은 당연했다.
그러나 교수의 강의는 공정하며 균형감을 유지했고 객관적인 논리 전개를 위해
철저한 준비를 했다는 생각에 늘 공감했다.

유학 시절을 생각해 보면 사회과학인 정치학과 인문학인 역사
학을 복수전공한 탓에 인문학적 관점과 사회과학적 탐구의 접근
방식 속에서 조금 혼란스럽긴 했지만, 흥미 있는 과목들을 다양한
국가에서 온 젊은 친구들과 공부할 수 있었다는 것은 나름 큰 즐
거움이었다.

영국의 학부과정은 의학이나 해당 국가에서 현지 언어를 공부하
며 지역 연구를 하는 언어학 전공과 기업에서 인턴과정 기간 1년
을 실습하는 경영학 같은 특정 학과를 빼고는 기간이 3년이어서

늘 빠듯한 시간 속에서 공부를 해야 했다.

필자는 정치학 과목에서는 영국정치학, 비교정치학, 정치사상, 러시아와 동유럽 정치 등을, 역사학 분야에서는 영국현대사, 국제사, 국제경제사 등의 과목을 선택해 공부했다.

당시만 해도 캠퍼스에는 약 70여 개 국가에서 온 외국 학생들이 있어서 필자는 네팔이나 모리셔스, 시에라리온 같은 잘 알려지지 않은 국가 출신의 제법 똑똑한 학생들을 만날 기회도 있었다.

그들 대부분은 자국에서 선발된 국비유학생들로 자국의 어려운 경제 형편으로 풍족한 여건은 아니었지만 늘 열심히 공부했다(1950~60년대에 국비유학생으로 선발되어 미국으로 공부를 하러 갔던 우리나라 유학생들의 처지와 비슷하지 않았을까 싶다).

연락이 끊어져서 그렇지 그들 대부분은 공부를 마치고 귀국해 그들 나라에서 제법 대단한 인물들이 되었을 거다. 아프리카에서 온 어떤 친구는, 자기는 학위를 마치면 돌아가 머지않아 장관을 할 거라고 말하기도 했는데, 그때는 웃고 말았지만 아마 그 말이 진실이 아니었을까도 싶다(그때 '정말 잘해줄걸.' 하며 지금까지 후회하고 있다).

졸업반이던 해에는 한 달이 넘게 진행된 졸업시험 통과를 위해 거의 1년간을 하루 2~3시간을 자며 겨우 견디던 기억이 지금도 생생하다.

시험에 한 과목이라도 떨어지면 한 해를 더 공부해야 했기 때문에 아무튼 죽기를 각오하고 공부하지 않을 수 없었고, 그때 수면 부족으로 심각한 눈병이 생겨 하마터면 공부보다는 기타를 더 배우는 게 나을 뻔했다(길거리 버스킹을 위해서는 학부 탈락생보다 기타의 코드라도 익히는 게 도움이 되었을 테니).

특히 1년간 죽어라 공부했던 정치사상 과목에서는 재시험까지 치르며 겨우 살아났는데 그럴 수밖에 없는 게 당시 우리나라에서는 마르크스(K. Marx)나 엥겔스(F. Engels) 그리고 레닌(V. Lenin)과 그람시(A. Gramsci) 같은 좌파 색 짙은 인물의 저술을 읽는 것은 감옥을 가겠다고 선언한 것과 다를 바 없었고, 이름의 언급조차 금기시되던 터여서 고등학생 때부터 그런 사상가들을 공부하던 영국이나 유럽에서 온 친구들과는 아예 수준 차이로 토론에 끼지도 못하던 형편이었다.

그런 상황 속에서 3시간 동안 치르는 논술 제목을 받아들고 필자는 절망감을 느낄 수밖에 없었다(사실 영어도 부족했지만, 무지

한 게 죄였다).

영국은 학생도 열심히 공부해야 하지만 교수들도 학생들 못지않게 연구에 최선을 다한다. 강의를 듣다 보면 교수님들이 객관성과 균형 그리고 공정이라는 시각 속에서 세상의 다양한 문제들을 보는 게 얼마나 중요한지를 학생들이 깨우치도록 배려하는지를 느낄 수 있었다.

예를 들어 비교정치학 수업에서는 프랑스와 독일은 물론 이탈리아와 스페인의 정치체제와 운영을 놓고 수업이 진행되면서 역사적으로나 현실정치에서 이해관계가 충돌하게 마련이고, 강의실에는 해당 국가에서 온 학생들이 앉아있기 때문에 객관성이 배제된 부분에서는 다들 민감하게 반응하게 된다.

영국정치학 시간에도 영국과 영국이 지배했던 수많은 식민지 국가 출신의 학생들과의 의견 대립은 일상이어서 학생들은 늘 국가 대표가 된 심정으로 수업에 임했다(경험상 많이 아는 사람들이 말이 많기는 했다).

국제경제사 시간에 '전후 일본경제의 부흥'이라는 주제의 강의에는 일본 유학생과 필자 같은 한국 학생 사이에서 의견 충돌은 당연했다(나는 안중근 의사의 심정으로 이토 히로부미의 후손들을 당당하게 대했다). 그러나 교수의 강의는 공정하며 균형감을 유지했고 객관적인 논리 전개를 위해 철저한 준비를 했다는 생각에 늘 공감했다.

국제경제사를 강의했던 존 듀이(John Dewey) 교수는 콧수염을 기르고 제법 서글서글한 인상을 가진 분이었는데 일본의 기업 이름이나 총리 등 사람의 이름을 일본사람처럼 유창하게 발음을 해서 놀랐다. 휴식시간에 궁금해서 물어봤더니 '재벌'의 일본어 표기인 'Zaibatsu'를 100번 이상 발음 연습을 했었다고 웃으며 말해주었다.

강의실에 일본 학생들이 있을 텐데 그들이 듣기에 이상하면 안 되지 않겠냐는 게 답이었다(우리 기업 Hyundai를 '하연다이'로 발음하는 게 살짝 못마땅하기는 했다).

지금 우리 사회를 돌아보면 균형감과 객관성이 어디에 있는지 모르겠다. 정치인들은 다들 자신들만 옳다고 주장하고 있고, 법을 공부해 현장에 있는 전문가들도 자기의 주장만 전적으로 신뢰한다. 그리곤 애먼 국민에게 화두를 던져놓고는 알아서 판단하라는 무책임한 모습을 보인다. 대학 캠퍼스에서도 객관성과 균형 잡힌 지식보다 낡고 편향된 사조나 사상의 주입에 골몰하는 강의가 여전한 곳이 적지 않다(교수들은 자신들이 오래전에 배웠던 지식을 여전히 존중한다).

사회 분위기가 이런 지경이니 갈등과 충돌이 시대 현상이 되었고 개인과 집단의 이익만 앞세우는 이기적인 현상의 횡행으로 국가의 미래는 늘 바람 앞의 등불 격이다. 오래전 같이 공부하던 학생들이 다들 귀국해서 자신들 모국의 발전을 위해 열심히 일하고 있을 텐데 필자는 시절을 회상하며 이 새벽에 '공정함' 타령을 하고 있다.

가을이 깊어지기 시작하면 캠퍼스 인근에 빨갛고 노란 잎들이 풍성한 단풍나무들로 둘러싸인 버지니아 호수(Virginia Water)에서 물안개가 잔잔하게 피어오르는 모습이 황홀했었다. 잉글필드 그린(Englefield Green)의 고요가 그리운 새벽이다.

유럽의 좌파 노동운동이
꿈꾸는 사회

케인즈는 한술 더 떠서 1930년에 '우리 후손들의 경제적 가능성'이란 제목으로

강연을 하면서 "100년 후 우리의 후손들은 일주일에 15시간을 일하게 될 것"

이라고 예견을 한 바 있다. 하루 3시간 근무니까 자신보다 80년 전쯤

마르크스의 '하루에 반나절 노동' 주장을 의식했던 측면이 적잖이 보인다.

몇 해 전 대한항공 항공사 오너 가족들의 힘없는 사람들에 대한 횡포가 보도되었을 당시 지구상에 살았던 인물 중에서 가장 분노한 사람이 '런던 하이게이트 공동묘지에 누워있는 마르크스가 아니었을까.' 하는 생각이 들었다. 마르크스야말로 지구상에 살고 있는 힘없는 사람들을 위한 인류애로 똘똘 뭉쳐있던 인물이었으니 말이다.

프랑스혁명 이전의 시대만 하더라도 요즘 우리가 흔히 분노하는 권력과 부를 가진 자들이 하는 '갑질'은 당연한 것으로 여겨졌다.

그런 까닭에 '보수주의의 아버지'라 불리는 아일랜드 출신의 영국 정치인 에드먼드 버크는 프랑스혁명이 발발하자 이를 "결코 일어나서는 안 될 인간사회의 기존질서를 뒤집은 사건으로 규정하며 역사의 흐름에 반하는 혁명"이라고까지 부른 것이다.

마르크스의 역사관은 다수의 힘없는 계층들(고대 노예사회에서 다수의 노예, 중세 봉건사회에서 다수의 농노 그리고 비록 초기이지만 자본주의 시대에 살고 있던 다수의 노동자계급)에게 소수의 권력과 재력을 가진 자들에게 무력하게 당하지만 말고 투쟁을 하라고 평생 촉구하는 것으로 정리할 수 있다(전문가들은 그것을 '계급투쟁'이라고 쿨하게 말하곤 한다).

우리가 익히 알고 있는 것처럼 최초의 노동자 혁명은 마르크스의 이론에다 혁명가이자 전략가인 레닌의 전술이 결합되어 1917년 러시아에서 최초로 성공했다. 당시 유럽에서도 변방에 속해있던 러시아는 사실 노동자 혁명이 일어나기에는 준비도 안 되어 있던 상황이었다. 오죽하면 마르크스조차 인류 최초의 노동자 혁명은 산업혁명이 최초로 시작된 영국이나 혹은 독일에서 일어날 거라며 호언장담했을 정도였다.

그러면 인류 최초의 노동자 혁명은 어떻게 러시아에서 성공했을까?

우선 우리는 러시아에서 노동자 혁명이 성공하는 데 주도적인 역할을 했던 레닌이라는 인물을 살펴볼 필요가 있다. 레닌은 흔히 정치인이라기보다는 사상가, 전략가라고 불린다. 늘 노동자 혁명을 꿈꾸던 레닌은 당시 러시아의 현실을 고민하다가 '신의 한 수'를 기획하게 된다. 전략가의 머리는 늘 결정적인 순간에 빛을 발하는 모양이다.

레닌은 노동자 규모로 보면 대부분 유럽 국가의 발목 수준에도 못 미치는 러시아에 저 유명한 노동자와 농민을 연대하는 소위 '노농동맹'을 촉구하여 마침내 혁명에 성공한다. 혁명의 핵심세력이 된 소수의 노동자세력에 다수의 농민을 동원해 지원세력을 형성한 것이다. 우리 속담에 "이가 없으면 잇몸으로 먹는다."라는 말이 있는데 이 원리를 기가 막히게 활용한 셈이다.

이후 유럽의 노동운동은 일취월장하며 급속하게 발전을 이루게 된다. 여기에 오늘날 좌파 혹은 진보진영이 늘 이론적 멘토로 생각하는 이탈리아 출신의 노동운동가이면서 사상가이자 전략가인 안토니오 그람시라는 인물을 거론하지 않을 수 없다. 그람시의 등장으로 인해 한동안 구세대적인 사고에 젖어있는 좌파 노동운동에 커다란 날개가 달린 형세가 형성된다. 오늘날 국제사회 진보진영의 정권 쟁취도 대부분 그람시의 전술 전략이 토대가 되었는데 유로코뮤니즘 탄생에 이념적 자양분을 제공한 그람시는 오늘날 민주국가나 사회주의 국가 모두에서 선거를 통해서도 진보진영의 등장이 가능하다는 사실을 전술과 전략을 통해 구현한 인물로 칭송받는다.

오늘날 유럽은 참 어려운 여건 속에 놓여 있다. 문명의 탄생과 관광지로서의 유럽은 매력적이지만 그 안에 살고 있는 사람들은 전례 없는 경제적 어려움 속에서 살고 있다고 해도 과언이 아니다. 독일과 일부 북유럽 국가를 제외하고는 대부분 국가가 경제·사회적인 어려움에 직면해 있다.

특히 남부의 스페인이나 포르투갈, 그리스 그리고 아일랜드 같은 곳은 대학 졸업생 4명 중 1~2명은 졸업 후 직장을 구하지 못하는 현실 속에, 성인 실업률도 적게는 30%에서 많게는 50%에 이르는 지역도 있다. 암울한 현실이라 하지 않을 수 없다. 게다가 중국 우한발 '코로나 19'의 확산은 한때 인류 문명을 이끌던 유럽을 거의 초주검 상태에 빠지도록 만들었고, 특히 러시아의 우크라이나 침공으로 인해 발생한 경제적인 어려움은 유럽대륙 전체를 심각한 상황에 빠뜨렸다. 이런 어려움 속에서 유럽은 다시 부활의 날갯짓을 할 수 있을까.

요즈음 영국은 브렉시트(Brexit)의 후유증으로 혼란스러운 상황에 놓여 있다. 영국이 유럽연합에서 탈퇴한 사건은 세계금융시장과 무역 시장에 혼란을 초래함은 물론, 영국 내에서도 지역 간 세대 간 갈등의 원인이 되었다. 유류세 인상이 최초 원인이었던 프랑스의 노란 조끼 시위는 마크롱 대통령의 부유층과 대기업에 대한 우호 정책을 반대하는 쪽으로 이슈가 확산하였고, 최근에는 연금개혁 문제로 프랑스 전역을 혼란에 빠뜨리고 있다.

　이탈리아나 스페인 그리고 스코틀랜드는 따로 살겠다고 주장하는 분리주의자들의 시위가 반복되고 있으며, 독일, 오스트리아와 덴마크 등지에서는 극우주의가 극성이고, 지중해를 통해 유입되는 북아프리카 난민을 막기 위한 국경통제가 북유럽까지 확산, 강화되고 있다. 이런 일련의 상황들은 '인적 · 물적 자원의 자유로운 이동을 통해 통합된 평화로운 유럽'을 만든다는 유럽연합 헌장의 기본 가치를 심각하게 훼손시키고 있다.

　전 세계 60억이 넘는 사람들은 모두 다른 얼굴을 갖고 있을 뿐 아니라, 생각도 제각각이다. 요즘 유럽의 현실을 놓고 유럽 각 지역의 우파 정치인들과 좌파 정치인들 그리고 우파 기업경영자들과 좌파 노동운동가들은 서로 다른 해석을 하고 있다. 약 150년 전 무렵 마르크스는 이상적인 노동자의 삶을 이렇게 꿈꾼 바 있다.

> *'노동자는 아침에 일어나 간단히 식사를 하고, 집 근처 냇가로 나가 낚싯줄을 드리우고 맑은 공기를 호흡하고, 파란 하늘을 바라보며 자연을 음미하는 평화로운 오전 시간을 보내야 한다. 점심 무렵엔 집으로 돌아와 점심 식사를 마친 후 공장으로 출근해서 자신의 자산인 노동력을 제공하며 오후 시간 일을 한다. 일과 후 평화로운 삶에 방해가 되는 잔업은 가급적 하지 말아야 한다. 퇴근 후에는 집으로 돌아와 샤워를 하고, 저녁 식사를 마친 후에는 서재에 올라가 《플라톤》을 읽으며 하루를 마무리하는 것. 이런 일상이 노동자의 바람직한 삶이다.'*

일전 어느 정치인의 '저녁이 있는 삶' 주장이 생각난다.

영국의 유명한 경제학자 케인즈는 한술 더 떠서 1930년에 '우리 후손들의 경제적 가능성'이란 제목으로 강연을 하면서 "100년 후 우리의 후손들은 일주일에 15시간을 일하게 될 것"이라고 예견을 한 바 있다. 하루 3시간 근무니까 자신보다 80년 전쯤 마르크스의 '하루에 반나절 노동' 주장을 의식했던 측면이 적잖이 보인다. 오늘날 OECD 국가 중 독일은 주당 35시간으로 노동자의 근로 시간이 가장 짧은 가운데, 우리나라는 최근까지 52시간 논쟁이 한창이었다.

좌파 노동운동가들은 여전히 마르크스나 케인즈의 예언이 현실화하기를 고대하고 있을 것이다. 유럽정치의 현실은 그것이 리더십의 문제이든 시스템의 문제이든 국민에게 상당한 고통을 초래하고 있다. 유럽의 노동운동은 우리나라의 노동자와 노조에 미치는 영향이 적지 않다. 우리나라의 경제 상황이나 노동운동의 현실은 늘 국민을 불안하게 만드는데, 여기에는 기업이 과한 면이 있고 노조도 마찬가지이다. 정치권은 상황을 봉합하기보다는 지지기반 넓히는 데만 주력하며 국민은 안중에도 없는 듯 행동한다. 그래서 우리 정치가 후진국 수준이라는 소리를 듣게 되는 모양이다.

영국의 생물학자 패트릭 게디스(Patric Geddis)는 "여성의 난자에는 보수적이고 수동적이며 냉담하고 안정적인 특징이, 반면에 남자의 정자 속에는 적극적이고 열정적이며 성급하고 활력이 넘치는 특징이 있다."라고 주장한 바 있다. 그토록 상이한 특징을 갖고 있음에도 불구하고 그 개체들은 대립하거나 충돌하지 않고 서로 결합하여 이상적인 형태로 발전하여 가정을 꾸리고 훌륭한 2세를 만들어 낸다. 놀라운 일이 아닐 수 없다. 이런 관점에서 보면 생물학이 정치학이나 경제학보다 더 가치 있어 보이는 면을 부정할 수 없을 것이다.

사람들이 쉽게 얘기하는 이데올로기의 차이, 즉 보수와 진보는 상대적이면서 상생의 개념이다. 이념의 갈등과 논쟁은 국제사회의 흐름이나 정치적인 논쟁에서 생산적이며, 동시에 비생산적인 역할을 하곤 하는데 누가 어떻게 사용하느냐에 따라 결과가 달라진다. 마치 요리사나 살인자의 손에 들린 칼과 같은 경우라 할 것이다.

여기서 우리가 꼭 주목해야 할 점이 있다.

러시아에서 성공한 노동자 혁명은 레닌의 전략도 평가받을 일이지만 당시 러시아의 국가체제가 격렬한 노동운동에 제대로 대처하지 못할 만큼 취약한 구조였다는 사실을 기억해야 한다는 점이다. 마르크스나 레닌은 러시아 혁명의 성공을 운동의 핵심세력인 노동자에게 초점을 맞춰 해석하고 평가하였다. 따라서 당시 러시아 정부가 얼마나 나약하고 취약한 가운데 놓여 있었는지는 웬만해선 평가를 하지 않으려는 경향을 보인다. 이후 많은 학자나 노동운동가들도 의도적으로 그런 사실을 외면하는 태도를 취했다.

과하면 넘치는 법이 상식이다. 오늘날 우리 사회에서 벌어지는, 과하다 못해 심하게 느껴지는 귀족 노조를 중심으로 한 과격한 노동운동을 바라보며 정부의 대응전략을 우려스러운 눈으로 주시하지 않을 수 없는 이유가 여기에 있다. 이런 관점에서 비록 5,000마일 이상 멀리 떨어진 유럽대륙의 일이지만 몇 가지 사례를 논의해 본바 우리에게도 시사하는 바가 있을 것이다.

영국에서 보수와 진보의
슬기로운 공존

대다수 국민은 영국의 정당들이 보여주는 것처럼 보수와 진보세력의
갈등과 대립이 아닌 서로 다른 가치와 이상을 추구하는 건전한 경쟁과 공존을
통해 국가발전이 이루어지기를 바라고 있을 것이다.

택시기사가 진통을 호소하는 만삭의 산모를 자리 뒤편에 앉혔
다. 병원까지 가는 길은 너무 막혀서 산모는 계속해서 고통을 호
소하였고, 기사는 뾰족한 수가 없었으므로 두 가지 중 하나를 선
택해야 했다. 첫 번째는 그럼에도 불구하고 모범운전자 표창까지
받은 자신이었으므로 신호를 지켜가며 과속을 자제하고 교통질서
를 위반하지 않고 목적지까지 가는 방안, 두 번째는 위기에 처한
산모와 태어난 아기의 생명까지를 고려해서 비록 나중에 벌칙을
받더라도 신호를 무시하고 달리는 방안이 그것이다.

우리가 운전기사의 입장이라면 어떤 선택을 하게 될까? 일반적으로 법과 질서를 지키는 것이 옳다고 믿는 보수성향의 운전기사는 첫 번째 방안을 선택할 것이고, 법 원칙보다 사람의 생명이 우선한다는 믿음을 갖는 좌파적 사고에 있는 기사는 후자를 선택한다고 보면 맞다. 논리가 그렇다는 것이어서 보수와 좌파의 구분이 명확하게 구분되는 것은 아니지만 일반적 성향으로 구분하자면 그렇다. 그런데 전자보다 후자에서는 왠지 모르게 사람 냄새가 난다.

흔히 우리가 최초의 근대적 보수주의자라고 부르는 아일랜드 출신의 영국인 정치가 에드먼드 버크(Edmund Burke)는 보수주의란 기존질서를 지키며 발전을 도모하는 것을 말한다고 정의한 바 있다. 따라서 기존질서가 유지되기 위해서는 법과 질서가 존중되어야 하며, 사회나 국가는 이런 바탕 위에서 정상적인 모습을 갖추게 된다고 역설하였다.

그런 이유로 프랑스혁명이 오랜 기간 인류 역사에서 유지되어 온 질서와 체제를 무너뜨리고 새로운 시대를 열려는 터무니없는 도발로 인식된 것은 그에게 너무나 당연한 것이었다. 버크는 프랑스혁명이 발발하자 이를 결코 일어나서는 안 될 인간사회의 기존질서를 뒤집은 사건으로 규정하며 역사의 흐름에 반하는 혁명이라고까지 불렀다. 기존질서를 뒤집으려는 시도는 적어도 그에게 신이 인간에게 부여한 기본질서를 무너뜨리려는 엄청난 사건으로 인식되었던 것이다.

버크에 의해 탄생한 보수주의는 대부분 국가에서 기득권층 혹은 중산층 이상의 집단에서 그 특징을 보이고 있는바 그들은 성장을 통해 이익을 공유하고 보유하고 있는 유무형의 권한과 자산을 지키거나 더 늘리려는 인간적인 욕구로 인해 기존질서가 급격히 변화하거나 혹은 위태롭게 되는 상황을 거부하고 안정 속에서 살아가려는 경향을 보인다.

보수주의가 버크에 의해 시작이 되었다고 하면 좌파는 우리에게 익히 알려진 사상가이자 철학자인 마르크스(K. Marx)를 시작으로 본다. 물론 마르크스 이전에 진보적인 성향의 학자나 주장이 없었던 것은 아니지만, 마르크스와 엥겔스 그리고 레닌(V. Lenin)으로 이어지는 좌파진영의 사상적 전통은 그들에 의해 정통성이 유지되었다고 보는 데 크게 틀림이 없다.

좌파진영에서 마르크스가 노동자 혁명을 통한 사회주의 혁명의 완성을 주장했다면 레닌은 마르크스가 간과했던 노동자와 농민의 연대를 통한 세력의 과시와 혁명의 저변을 넓히는 전략을 마련했다. 레닌의 역할은 여기서 멈추지 않았는데, 그는 오늘날 우리가 공산주의나 사회주의 국가의 집권 노동당과 같은 핵심세력이나 노동계의 노조, 교육계의 교육단체 등에서 핵심 일꾼을 결집시켜 혁명의 리더 역할을 하는 소위 전위세력의 등장에 이론적인 근거를 제공하였다.

중국의 공산당, 북한의 노동당 같은 국가를 통치하는 핵심세력인 정치집단이나 우리나라의 민노총이나 한노총 그리고 전교조 같은 특정 직업군을 대표하는 세력의 결집도 레닌의 전위이론이 바탕이 되었다. 수많은 역사가와 정치평론가들이 레닌을 정치가라기보다 전략가라고 부르는 이유가 여기에 있다.

이들 외에 또 주목할 인물이 오늘날 좌파진영의 이론적 멘토 역할을 하는 그람시(A. Gramsci)이다. 특별히 그가 역설한 문화와 교육 분야에서의 헤게모니 장악, 진지전, 기동전 같은 권력 쟁취를 위한 실행 전술과 전략은 오늘날 좌파진영이 마르크스의 주장처럼 혁명을 수단으로 하지 않고 합법적인 수단과 방법으로 정권을 쟁취하는 데 중요한 역할을 했다. 전 세계 좌파세력이 포퓰리즘 같은 선동적인 정책으로 선거에서 대중의 지지를 받아 정권을 획득하는 데에 그람시는 지대한 역할을 한 인물로 평가받는다.

보수와 좌파 양 세력이 각자 이런 탄탄한 이론적 배경을 갖고 있는바 과연 두 진영의 싸움에서 진정한 승자는 누가 될까? 서로 다른 이론으로 무장한 세력이 한반도의 남쪽과 북쪽에서 집권세력이 되어 있는 분단의 현실 속에 있는 우리의 처지를 생각해 보면 답이 궁금하지 않을 수 없다. 한반도 통일을 생각하는 분단된 국민의 처지에서 보면 각자 자신이 살고 있는 체제가 주도하는 통일방식을 당연히 원하고 있을 것이다.

우리 속담에 "3대 가는 부자 없다."라는 말이 있다. 지키기가 그만큼 쉽지 않다는 방증이 아닐까. 그래도 요즘은 여러 가지 제도나 법률적인 보장으로 인해 기득권이나 재산 같이 유무형의 자산을 지키는 것이 그리 어려운 일이 아니지만, 내부에서 기강이나 도덕적 해이로 인한 붕괴를 막을 방법까지 있는 것은 아니다. 요즘 심심치 않게 등장하는 재벌가 2세와 3세들의 탈선 행태를 보면서 '저런 위인들이 운영하는 기업이 오래갈 수 있을까?' 하는 의구심이 든다. 주변에도 할아버지나 아버지 세대에는 제법 괜찮게 살았다는 말을 하는 사람들이 있다. 지금은 더 이상 그렇지 못하다는 말이니 성장시키기는커녕 지키는 일이 얼마나 힘든 것인지를 알 수 있다.

이처럼 기존의 질서, 가치, 자산을 지키기 위해서는 이전 세대

못지않은 각고의 노력이 필요한데 이미 안정과 안락에 익숙해져 있는 사람들이나 집단들에서 그런 필요를 망각하는 경향을 쉽게 볼 수 있다. 그런 까닭에 우리가 보는 것처럼 구 기업의 몰락과 새로운 기업의 탄생 그리고 정치권에서 정권의 교체 현상이 빈번하게 발생하는 것이다.

흔히 "보수집단은 부패로 인해 몰락하고, 좌파는 분열로 인해 붕괴한다."라는 말이 회자한다. 이 말은 한동안 옳은 것으로 인식되었고 많은 학자들조차 이것을 의심 없이 인용하곤 했다. 18세기 후반부터 19세기 중반에 걸친 기간 동안 영국의 산업화와 프랑스의 정치적 격변을 통해 유럽에서는 '계급(Class)'이라는 시대를 이해하는 상징어가 등장했다. 그 결과 신분의 차이와 부의 소유에 따른 계급의 구분은 물론 좌파진영 내부에서도 사회주의, 노동계급 혹은 프롤레타리아 계급 등의 용어가 사용되기 시작했다. 그런 가운데 노동자들 사이에서는 숙련노동자나 수공업 기술자들과 새로이 노동시장에 들어선 시골에서 도시의 공장지대로 흘러들어온 미숙련 노동자 사이에 심각한 차별이 존재했다.

또한 이런 갈등 못지않게 노동은 남성의 전유물이라는 인식이 지배했으므로 성 평등과 여성의 공적 참여는 방해받았고 여성의 지위는 사실상 평가절하 되거나 무시되었는데, 이런 경향은 당시 노동계급 사이에서조차 낯선 것이 아니었다. 따라서 "당시의 노동운동은 한편으로는 노동계급 전체의 이해와 권위, 집단적인 힘에 호소하면서도 실제로는 더 협소하고 배타적이었다."는 주장이 등장하곤 했다. 이런 경향으로 인해 좌파집단 내에서 갈등과 대립은 낯설지 않았는데 좌파의 분열이라는 개념은 이런 역사성과 무관하지 않다(우리 사회에서 소위 귀족 노조의 존재와 원청근로자와 하청노동자 간 구분과 임금과 복지를 둘러싼 전근대적인 갈등 현상을 볼 수 있는데, 이는 19세기 유럽의 노동현장과 크게 다르지 않을 만큼 후진적이다).

오늘의 한국 사회를 보면 보수는 집단 내부에서 갈등과 대립으로 분열되고 있는 가운데, 진보세력은 오히려 결집해서 끈끈한 응집력을 보인다. 물론 양 집단 모두에게 '부패'는 피하지 못하는 공통어가 되었다. 그런 가운데 좌파진영은 세력의 확산을 위해 오래전부터 끊임없는 연구와 활동으로 대중을 지배할 화두를 선점하고 정책화하는 노력을 기울여 왔다.

《Forging Democracy》('민주주의의 구축'쯤으로 번역한다)라는 제목으로 2002년 옥스퍼드대학교 출판사에서 출간한 서적이 있다. 출간된 지 벌써 만 20년이 넘었으니 시간이 꽤 흐른 셈이다. 우리나라에서는 《The Left 1848~2000; 미완의 기획, 유럽 좌파의 역사》라는 다소 매력적인 이름으로 번역되어 출판된 책으로 사회주의 혁명이 유럽을 휩쓸던 1848년부터 유럽에서 좌파의 전통이 몰락한 2000년까지 약 150여 년 동안 유럽에서 펼쳐진 사회주의 이념과 활동의 역사를 집대성한 대작이다(마르크스의 저 유명한 《공산당 선언, The Communist Manifesto》이 발표된 해가 1848년이란 사실과 민주주의와의 이념경쟁에서 좌파세력이 몰락한 사건인 '냉전'이 종식된 20세기 말 무렵이라면 왜 이 기간이 연구대상으로 선정되었는지 실감이 난다).

이 저술은 영국 출신으로 옥스퍼드대학을 졸업하고 서섹스(Sussex)대학에서 박사학위를 마친 후 미국으로 건너가 미시간대 석좌교수로 활동한 제프 일리(Geoff Eley)가 20년이라는 긴 기간 동안 집필한 것으로 번역본이 1,000페이지가 넘는 엄청난 분량이다. 독일을 중심으로 러시아와 영국, 이탈리아, 프랑스의 좌파세력 태동과 활동 그리고 몰락에 이르기까지의 과정을 분석하면서 참고한 자료만 2,000종류가 넘는다.

보수와 진보, 우파와 좌파라는 이념을 수단으로 미국과 서유럽, 그리고 다른 한편으로는 소련과 사회주의 블록 간 오랜 체제경쟁을 통해 이미 몰락해 버린 것으로 인식된 좌파에 관한 이런 연구가 실행된 이유는 무엇일까? 저자는 냉전의 종식이 좌파가 몰락한 것이 아니라 민주주의라는 체제 내부에서 경제, 사회, 문화, 노동 등의 영역에서 좌파가 등장하고 경쟁하였으며 앞으로도 공간 확보라는 노력을 통해 좌파세력의 지속 가능성은 충분하다고 주장한다.

비록 일본계 미국의 정치학자로 하버드대와 스탠퍼드대학의 교수를 지낸 프랜시스 후쿠야마(Francis Fukuyama)가 1989년에 발표한 논문 '역사의 종말(The End of History and The Last Man)'이 오래지 않아 순진한 전망인 것으로 평가된 가운데 정치사적 사건으로 냉전은 종식되었지만, 그 후에도 좌파세력은 소멸하지 않고 여전히 활발하게 활동할 여지가 있다고 일리 교수는 분석한 것이다. 그런 까닭에 우리 사회 내부에서 보듯이 좌파진영이 세력 확대를 통한 정치, 사회, 경제, 노동, 문화 등 분야에서 공간 확보와 적절한 정책을 통해 지지세력 확산을 지속하는 노력에 집중하는 한 보수 세력과의 충돌은 불가피해 보인다.

오늘날 보수 세력의 현실은 어떤가. 보수집단은 위기의식을 느끼면서 서서히 몰락해 가는 모습이다. 미국과 서유럽 등에서 보듯이 국제사회의 현실은 말할 것도 없고 냉전의 종식 이후 이념대립과 체제경쟁에서 승자의 지위에 있던 대한민국의 보수 세력도 자멸하며 몰락의 길을 가고 있는 것은 아닌지 모르겠다. 단지 진보세력의 집요함과 결집하는 능력과 비교해서 얘기하는 것만은 아니다. 그 원인은 무능, 부패, 매너리즘 등 전통적인 보수 기득권 세력에서 드러나는 특징과 함께 전략과 전술을 만들어 내고 추진하는 능력에서 상대적 열세를 드러내고 있기 때문이다.

오늘날 (사실은 벌써 20~30년도 넘은 일이지만) 국공립 도서관이나 학교도서관 어디를 둘러보아도 이념성향을 띠고 있는 간행물은 좌파가 독점한 지 오래다. 주간이나 월간, 격월간은 물론 학술서적들조차 아무리 적게 보아도 70~80% 이상이 진보성향의 인물이나 집단들이 중심이 되어 발행하는 출판물들로 서가가 채워져 있다.

그들은 과거 보수 세력이 간과하고 있던 페미니즘, 젠더, 인권, 새로운 정치, 1968년 혁명, 신 사회운동, 문화, 교육, 산업화, 자연과 환경, 청년실업 등의 화두에 천착하며 다양한 이슈를 자신들에게 유리하게 정책화하면서 활용해 왔다. 보수가 냉전 기간 국가와 사회의 안정을 지키기 위해 관심을 쏟았던 안보, 군사, 국방, 법질서 등의 화두와는 '일반인들의 관심사'에서 확연히 차이가 난다. 그러니 다수의 지지를 목표로 하는 사활을 건 싸움의 결과는 (그것이 선거나 혹은 여론전이든) 전문가가 아니어도 예측이 분명해진다.

게다가 보수집단은 분열과 대립이 일상화되어 있다. 희한한 일이다. 과거에 진보세력이 자기들끼리의 선명성 경쟁으로 싸우다 몰락했다면 오늘의 보수 세력은 크게 차이도 없는 가치논쟁과 효용성도 없는 이슈를 놓고 서로 간 치열한 정통성 경쟁을 하며 중장년의 전통적 지지세력은 물론 청년세대들로부터도 외면을 받고 있다. 참으로 딱한 일이다.

한국 사회에서 보수주의에 관한 연구는 얼마나 활성화되어 있을까? 제프 일리 교수의 연구만큼은 아니더라도 비교하는 것조차 불필요한 처지에 놓여 있다. 학자들조차 돈과 명성을 좇는 실정이니 정치인들은 두말할 필요조차 없다. 이런 현실 속에서 오늘도 전통적 보수 세력들은 집단의식 속에 빠져 자신들에게만 익숙한 화두를 꺼내 효율과 성과를 이야기하고 있다. 딱하지만 지금이 그런 시대일까.

한두 가지 사례로 페미니즘을 수단으로 적절하게 활용하고 있는 진보세력과 여성의 동등한 권리, 출산 후 재취업, 직장에서의 성평등과 같은 여성의 권익과 권리 이슈를 보수의 시각에서 해석하여 좌파세력과 경쟁하며 발전해야 하지 않을까. 진보세력이 장악한 '문화'라는 공간도 보수의 영역이 될 수 있다는 전의를 불태워야 한다. 월남전이 한창일 때 이미자가 '동백 아가씨' 노래로 전투에 참여 중이던 황소 같은 젊은 군인들의 눈에서 눈물을 쏟게 만든 것처럼 BTS 같은 청년세대의 아이콘을 보수의 시각에서 재해석해서 활용할 수 있어야 한다.

노동현장에서도 부패한 귀족 노조의 존재와 원청근로자와 하청 노동자 간 계급 구분과 임금과 복지를 둘러싼 갈등을 볼 수 있는데, 이는 19세기 유럽의 노동현장과 크게 다르지 않을 만큼 전근대적인 후진적인 현상이 아닐 수 없다. 최근 'MZ 노조'로 불리는 '올바른 노동조합'의 등장과 약진은 그동안 좌파진영의 전유물로 여겨지던 노동시장에서도 틈새를 공략할 환경이 구축되고 있음을 확인할 수 있는 상징적인 사건이라 할 수 있다.

오늘의 보수주의자들은 아스팔트 위의 전사가 되어 뙤약볕 아래서 동년배의 연령층을 앞에 두고 '과거'를 외치고 있다. 과거에 아스팔트가 젊은 좌파들의 전유물이었다면 오늘날엔 중장년 보수주의자들이 아스팔트로 나서고 있다. 이래서 '냉전의 종식'이라는 역사의 흐름 속에서 굴욕을 맛본 진보세력과의 생존싸움에서 이길 수 있을까.

보수 세력이 꼭 기억해야 할 점이 있다. 러시아에서 성공한 노동자 혁명은 레닌의 전략도 평가받을 일이지만 당시 러시아의 국가체제가 격렬한 노동운동에 제대로 대처하지 못할 만큼 취약한 구조였다는 사실이다. 의식 있는 전통적인 좌파 지지자들조차 이해하지 못하는 기행적 좌파세력이 횡행하는 이 땅의 현실에서 보수집단은 그런 사실을 깨달아야 한다.

대다수 국민은 영국의 정당들이 보여주는 것처럼 보수와 진보세력의 갈등과 대립이 아닌 서로 다른 가치와 이상을 추구하는 건전한 경쟁과 공존을 통해 국가발전이 이루어지기를 바라고 있을 것이다.

혹시,
커피를 좋아하세요?

혹시 커피로 10끼를 해결하면 어떤 증세가 생기는지 경험해 보신 분이

있으신지. 첫날은 그런대로 분위기 있었다.

총총한 눈빛이 여전한 게 윌리엄 워즈워드가 된 듯 시상도 떠오르고

셰익스피어가 된 듯 장편의 시나리오가 머릿속을 휘감았다.

젊은 시절, 필자는 훌륭한 사람이 되어 돌아오겠다고 비장한 마음으로 부모님께 큰절을 하고 유학을 떠났다. 그 당시만 해도 한 번 공부하러 떠나면 공부를 마쳤을 때나 귀국하는 거로 알던 시기였으니 내 비장함은 나름 그럴듯했다. 그런데 그 이듬해 필자는 하마터면 굶어 죽을 뻔했다.

첫해에는 영어공부를 하고 이듬해 마침내 학교에 입학했고 기숙사를 배정받아 불철주야 공부를 했다. 사실 그거 말고는 할 게 없었으므로 남들이 봐도 정말 열심히 공부하는 학생이었다.

학교 안에 바(Bar)도 있고 학생 홀은 밤에 클럽으로 바뀌어 유명, 무명의 밴드들이 매일 찾아와 라이브 공연을 했으니 지금 우리에게 꽤 익숙한 유명한 밴드들은 캠퍼스 안에서 어렵지 않게 만날 수 있었다.

그렇지만 필자는 공부만 했다(입증할 셀카 사진 한 장 없으니 어쩔 수 없다). 영국의 대학은 3학기제로 대개 9월 말에서 10월 초에 새 학년 개강이 시작되어 12월 초·중순 무렵에 크리스마스 방학이 있고, 다시 2학기 개강을 하여 3월 하순경 부활절 방학을 갖는다. 그리고 2주 후 다시 마지막 학기를 개강하여 학기말 시험을 끝으로 6월 초에 3개월이 넘는 긴 여름방학에 들어간다.

필자가 굶어 죽을 뻔했던 시기는 크리스마스 무렵이었다.

방학이 시작되어 대부분 영국 학생들이 집으로 돌아가고 유럽에서 온 학생들도 비가 자주 내리고 우중충한 런던에 머무느니 다들 고향으로 떠나버려 한적한 외곽에 떨어져 있는 기숙사에는 멀리 아시아와 아프리카에서 온 몇몇만 남아 있었다. 그나마 이미 이전 해의 경험이 있었던지 크리스마스 무렵에는 모두 바람과 함께 사라지고 없었다.

따라서 그 큰 기숙사에 필자만 남게 되었다. 나도 나름 크리스마스를 제대로 보내고 싶어서 런던 시내로 나가든지, 아니면 맛있는 음식을 잔뜩 구해놓고 널찍한 기숙사에서 편안히 쉬며 밀린 책이나 봐야겠다고 나름대로 계획을 짜두었다.

음식은 크리스마스 임박해서 사둬야 싱싱할 테니 그렇게 하기로 작정하고, TV는 혼자 보는 거나 마찬가지니 '007시리즈'를 제대로 보기로 했다(영국도 예외는 아니어서 크리스마스 무렵엔 007시리즈를 방송국마다 거의 처음 것부터 재방, 삼방을 거듭해 보여준다). 나름 야무진 계획을 세운 것이 뿌듯했다.

묵은 음식은 23일로 다 끝내고 다음 날 오전 동네 큰 슈퍼 체인인 TESCO로 갔다. 그런데 가는 길이 조금 이상했다. 길거리에 차가 거의 다니지 않았다. 길거리는 조용했고, 버스는 물론 승용차들도 보이질 않는 것이 아닌가.

마침내 도착한 슈퍼마켓도 문이 닫혀 있었다. 넓은 주차장에 차한 대 보이지 않았고. 돌아오는 길에 동네 신문을 파는 구멍가게들이 있는데 (영국에서는 인건비 때문인지 신문을 배달하는 제도가 없어 대부분 사람은 매일 동네 가게나 역 앞 신문 가판대에서 매일매일 신문을 사서 읽는다) 거기도 죄다 문이 닫혀 있었다.

마침내 깨달은 사실.

영국의 크리스마스는 모두가 겨울잠을 자듯이 숨죽이고 가족끼리 지낸다는 것. 우리와 너무 다른 풍경이다. 가게, 은행, 병원들은 모두 문을 닫고 버스, 전철 등 교통수단도 모두 운행하지 않는다. 그들도 모두 크리스마스를 즐겨야 했으므로. 혹시라도 그 무렵에 아프면 정말 더 큰 일이 벌어진다.

게다가 크리스마스 다음 날인 26일은 'Boxing Day'라고 해서 예전 봉건시대 영주들이 크리스마스 다음 날인 12월 26일에 옷이나 곡물들을 평상시에 부리던 하인이나 농노들에게 박스에 넣어 선물하면서 하루 동안 휴가를 주었던 전통에서 유래하는 공식 휴가제도가 있다. 우리도 최근에 억울하게 휴일을 까먹는 걸 보상하는 그런 제도가 생겼지만⋯⋯.

할 수 없이 빈손으로 기숙사로 돌아왔다.
문제는 먹을게 빵 한 조각도 없다는 현실.

그날부터 사흘 밤 나흘 낮 동안 생존을 위한 '고난의 행군'이 시작되었다. 다들 떠난 기숙사에는 남아 있는 사람도 음식도 없었고 유일하게 남은 건 커피 한 병뿐(그때는 병 안에 든 맥심처럼 농축된 알갱이 커피를 끓는 물에 타 먹는 게 커피 마시는 방식이었던 걸 기억하는 분이 있을 것이다).

혹시 커피로 10끼를 해결하면 어떤 증세가 생기는지 경험해 보신 분이 있으신지. 첫날은 그런대로 분위기 있었다. 총총한 눈빛이 여전한 게 윌리엄 워즈워드가 된 듯 시상도 떠오르고 셰익스피어가 된 듯 장편의 시나리오가 머릿속을 휘감았다. 훌륭한 사람으로 거듭나기 위해서인지 독서도 제법 진도가 나갔다. 이튿날에는 속이 살짝 쓰리며 정신도 이상해지는 느낌이 들었다.

사흘째에는 손이 떨리는 증세가 나타나면서 《마지막 잎새》의 주인공이 된 것처럼 내 인생이 조금 불쌍해 보이기 시작했다. 만일 아사라도 하면 영국의 신문과 방송에서 동양에서 온 가난한 학생이 기숙사에서 굶어 죽었다고 보도할 텐데 그럼 얼마나 부끄러울까 하는 상상도 해보았다.

그때 만일 아프리카에서 온 여학생이 바나나 한 조각이라도 필자에게 주었다면 아마 지금쯤 아프리카 어느 시골 마을 족장의 사위가 되어 있을지도 모르겠다.

사람의 운명은 그만큼 얄궂은 것이니.

마침내 27일 오전,

거의 탈진 겸 기절했다가 일어나 동네 빵 가게가 문을 열 시간에 제일 먼저 들어가 막 구워낸 스콘을 덥석 베물어 먹고 우유를 듬뿍 넣은 잉글리시 커피를 마시며 걸어오는데 갑자기 마음이 짠해졌다. 그다음 해부터는 필자가 얼마나 요란을 떨었는지 짐작이 되실 거다.

어쩌다 오늘 오후 간식이 커피와 스콘 한 조각이 되었다. 훌륭한 사람은 못되었지만 그래도 주말 오후 이런 여유를 부리고 있으니 두고두고 커피를 사랑할 작정이다. 그까짓 사흘 굶은 걸 갖고 요란을 떤다고 생각하는 분이 있겠지만 생각해 보시라. 어둠 속에서의 고독은 더 무서운 법이고 외로움 짙은 가을의 고독은 더 사무치는 법이다. 코로나도 풀렸으니 영국의 문학가와 예술가들이 사랑하던 영국 남쪽의 와이트섬(Isle of Wight)으로 날아가 멀리지는 해를 바라보며 막 구운 빵에 뜨거운 커피를 몇 잔쯤 마시고 싶은 마음이 가득하다.

어느 세일즈맨의
눈물

국가지도자의 전략은 성공했고, 대한민국은 최빈국에서 경제 강국으로,

국제사회에서 수혜자에서 시혜자로 바뀌었고, 국가발전의 성공 신화는

세계가 모방하고 싶은 교과서적 사례가 되었다. 오늘을 사는 나이 든 기성세대는

이런 실체를 가능하게 한 무대의 주인공으로서 자부심을 느껴 마땅하다.

외국에 나가면 저절로 애국자가 된다는 말이 있다. 오래전 영국에서 유학 중일 때 그 말을 실감했다. 당시는 런던 시내의 중심가인 옥스퍼드 스트리트와 토트넘 코트로드 길가가 십자로 갈라지는 곳 북쪽이 런던에서 유명한 전자상가가 군집한 거리였다. 런던 시내 남쪽에 살고 있던 시절에 필자는 대학의 중앙도서관을 가기 위해서는 전철역에서 내려 그 길을 지나야 했다.

어느 날인가 쇼윈도를 통해 한쪽 구석에 'SAMSUNG' 로고가 선명한 텔레비전 한 대가 전시된 것을 발견했다. 마음이 뿌듯했다.

낭시에는 공부에 열중해야 해서 TV를 시청할 여유가 없었지만 만일 구매하게 된다면 꼭 우리나라 제품 삼성 TV를 구매하겠다고 생각했다. 당시 영국에서는 네덜란드의 필립스사나 일본 소니와 도시바 제품이 인기가 있었던 것으로 기억되는데, 삼성제품은 인지도나 제품 면에서 이들에 뒤지는 것으로 평가될 뿐 아니라 그것이 한국 제품이라는 것을 아는 사람조차 많지 않았다.

필자는 도서관에 가는 길이면 삼성 TV가 전시된 가게 앞으로 지나다니며 그 자리에서 전시되고 있던 텔레비전을 확인하며 자랑스러워했다. 애국자가 된 기분이었다. 마침내 몇 개월이 지난 후에 TV를 구매할 예정으로 가게를 방문했고 전시된 모델과 같은 제품을 구매하겠다는 의사를 밝혔다. 상점 점원은 마침 필자가 구매하겠다는 삼성 TV는 전시된 것 한 대뿐인데 원하면 그것을 할인해 줄 테니 가져가거나, 아니면 꽤 가격 차이가 나는 소니나 필립스 제품을 살 것을 권유했다.

필자는 애국심 반, 저렴한 가격 반의 유혹에 넘어가 전시하던 TV를 구매해 집으로 왔다. 문제는 한 달이 채 지나지 않아 발생했다. 공교롭게도 TV가 고장 난 것이다. 영국은 상거래 규칙이 철저해서 보증기간 내에서는 본인이 원할 경우 100% 환불을 받거나, 아니면 같은 모델로 교환이 가능했다.

어차피 구매하기로 했으니 똑같은 모델로 교환을 요청했다. 필자의 말에 상점 매니저가 난처한 표정을 지으며 말했다.

"같은 모델로 교환은 불가능하니 환불받거나 혹시 다른 제품으로 구매할 의사가 있으면 차액만큼을 더 내면 된다."는 거였다.

전시된 거 말고 포장된 새 제품이 없냐는 필자의 말에 그가 말했다.

어느 날 양복을 입은 동양 남자가 와서 "거저 줄 테니 TV를 가게 전면 구석에라도 전시 겸 놔줄 수 없겠냐."는 내용이었다. 가게로서는 마다할 이유가 없었다. 고객들에게 다양한 브랜드의 제품을 판매한다는 인상을 주는 것도 나쁘지 않았고 게다가 거저 준다니 더욱 마다할 이유가 없다는 거였다. 마침 내가 그것을 사겠다고 하니 전시도 적당히 했고 팔면 이익이 되는 터라 자신들로서는 기꺼이 판매한 거라고 친절하게 설명을 했다. 지극히 실제적인 상인의 판매술이었다.

지금은 더 그렇지만 당시만 해도 한국에서 소위 명문대학을 졸업하고 삼성그룹에 입사하면 엘리트로 평가받으며 사회생활의 시작이 제법 잘 풀리는 경우였다. 게다가 회사 생활의 이력이 적당히 붙었을 무렵 국외지사에 발령을 받게 되면 엘리트 중에서 더 능력을 평가받은 것으로 여기는 풍조가 있었다.

그중에서 런던지사로 간다는 것은 뉴욕이나 LA, 혹은 동경처럼 나름 회사 내에서 유능함을 공식적으로 인정받는 거나 다름없었다. 따라서 선발된 인물은 장래가 전도양양한 만큼 상당한 자부심을 느껴도 비난받을 이유가 없었다. 그렇게 선발된 우리나라의 엘리트 인재가 무거운 TV 박스를 싣고 다니면서 세일즈를 하며 상품 수출을 위해 애를 썼다고 생각하니 마음이 짠했다.

당시의 상황을 짐작건대 거저 준다고 해도 영국 소비자에게 인지도가 없던 제품인 까닭에 상점에서 거절당한 게 한두 차례가 아니었을 거다. 그때마다 영어가 짧은 '삼성맨'은 손수건으로 이마에 흐르는 땀을 닦아가며 다음 가게의 문을 두드렸을 것이다.

오늘날 삼성전자는 그런 역경을 극복하고 세계적인 기업으로 성장한 것이니 성장 과정의 극히 일부를 목격한 입장에서 감회가 새롭다. 이는 세계 10위권 경제 대국으로 성장한 오늘의 한국이라는 나라를 설명하는 아주 작은 사례 중의 하나일 뿐이다.

오늘의 한국은 어떻게 성장했을까.
당시 국가지도자는 시대를 읽을 줄 알았고, 더 중요한 사실은 그런 여건 속에서 무엇을 해야 하는지를 이해했다는 점이다.

그 무렵 한국은 아주 열악한 경제 여건 속에서 가진 것이라곤 오로지 인간자원뿐이었다. '한강의 기적'을 이야기하는 외국의 석학들이 공통으로 지적하는 내용이다. 발전한 다른 선진국들처럼 돈이 되는 천연자원은 거의 없다시피 했고, 산업구조는 기본조차 돼 있지 못한 상태였다. 이런 여건 속에서 국가는 유일한 자산인 인간자원을 교육을 통해 꾸준히 개발해 가며 적재적소에 활용했다. 교육받은 자원은 국가나 기업 운영에, 그렇지 못한 자원들은 산업현장에서 적극적으로 활용했다. 심지어 외국에서 외화를 버는 전략에도 활용했다.

우리가 잘 아는 독일(당시는 서독)에 광부나 간호사로, 혹은 베트남의 전쟁터와 열사의 나라 중동의 건설현장으로 떠나는 행렬에 참여하는 것조차 넘치는 인간자원으로 인해 늘 경쟁을 해야 했다. 국가지도자의 전략은 성공했고, 대한민국은 최빈국에서 경제강국으로, 국제사회에서 수혜자에서 시혜자로 바뀌었고, 국가발전의 성공 신화는 세계가 모방하고 싶은 교과서적 사례가 되었다. 오늘을 사는 나이 든 기성세대는 이런 실체를 가능하게 한 무대의 주인공으로서 자부심을 느껴 마땅하다.

문제는 오늘의 현실이다. 모 경제학자는 현재 우리가 처해있는 경제 침체의 현실을 다음과 같이 진단한다.

"1960~80년대 한국경제의 성공은 선진국을 모방하는 경제 운용방식으로 높은 경제성장률을 보였고, 이제는 창의적인 경제 운용이 필요한 시기인바 우리는 그런 창의적인 사고를 하는 인재를 양성하지 못하는 교육제도로 인해 선진국 그룹과의 차이를 줄이지 못하고 경제와 산업이 미미한 수준이 되어 낮은 경제성장률을 보이는 것이다."

비전문가의 눈에도 공감이 되는 내용이다. 중국이나 베트남과 같은 후발 주자들이 우리를 포함한 경제선진국들의 경제 운용방식을 모방하며 성장률 수치에서 드러나는 비약적인 경제적 도약을 거듭하고 있는 것도 이런 주장이 근거 있는 것임을 말해주고 있다.

그러면 우리는 무엇을 해야 할까.

첫 번째로 결국 해답은 다시 인재의 양성인바 과거와는 다른 창의적인 인재를 만들어 내는 것이 무엇보다 중요하므로 국가는 그들이 맘껏 뛰어놀 수 있는 어장을 만들어 주는 역할을 해야 한다. 이 경우 권위주의 사고에 몰입된 세대는 어쩌면 그들의 놀이에 방해꾼이 될 수 있다. 그러면 그들은 방해꾼의 역할만 하게 될까. 그렇지 않다. 그들이 외국의 비슷한 세대들과 치열하게 경쟁하며 성취해낸 경험은 중요한 자산이다.

오늘의 한국을 만든 산업화 세대는 맨몸과 빈손으로 기술과 자본을 갖고 있던 또래의 선진국 사람들과 힘들게 경쟁해서 승리를 거둔 한반도 역사에서 유일한 세대다. 얼마나 위대한 승리인가. 따라서 그들의 족적과 경험은 언제든 다시 꺼내 쓸 수 있도록 매뉴얼화해 두는 것이 필요하다.

두 번째는 국가지도자나 사회의 리더 그룹이 세상의 흐름을 읽을 줄 아는 능력을 갖춰야 한다. 지금 새로운 국제질서의 시대는 환경, 테러, 지역주의, 종교 갈등, 지역분쟁 등의 심화로 다시 '힘(Power)'이 강조되는 시대로 회귀하고 있다. 역사의 수레바퀴가 거꾸로 굴러 내려오고 있는 모습인 듯 보이지만 이것도 역사의 순환 원리에 따른 다른 새로운 시대의 도래이므로 심각하게 받아들여야 한다.

지금은 지구촌의 모든 나라가 선진국과 후진국을 가리지 않고 힘의 확장에 주력하고 있다. 힘은 총체적으로는 '국력(National Power)'을 말하지만, 개별적으로는 경제력, 군사력, 문화적인 힘 등으로 분류할 수 있으며 이들 개별 요소들이 종종 상황에 따라 국가의 힘을 상징하는 어휘로 부상하곤 한다. 지도자는 이런 힘의 개별 요인들이 적절하게 활용 가능한 시점을 파악할 줄 아는 안목이 있어야 한다.

이미 오래전부터 냉전기와 달리 전통적인 경제력이나 군사력보다 문화적인 힘이 국력을 상징하는 긍정적인 역할을 하게 되어 문화강국이라는 말이 전 세계적으로 회자되었다. 과거에 하버드대학의 조지프 나이 교수가 '하드파워(Hard Power)'와 '소프트파워(Soft Power)'로 구분한 이래 소프트파워의 기능은 한층 강화되고 확산되는 추세라 할 수 있다. 사람들의 사고도 경직되거나 획일화되지 않고 유연한 사고로 판단하는 능력이 중시되는 이유가 여기에 있고 또 그런 인재가 국가경영에 나서서 국익을 놓고 국제사회의 지도자들과 경쟁할 수 있는 능력을 갖춰야 국가발전을 도모할 수 있는 것이다.

보수든 진보든 정부의 책임 있는 인물들이나 정치인들은 한 세대도 훨씬 전에 낯설고 말 설은 곳에서 무거운 TV 박스를 들고 전전하던, 독일의 광산과 병실에서, 베트남의 정글에서, 중동의 뜨거운 사막에서, 아프리카 리비아의 수로 공사 현장에서 우리 국민이 흘리던 눈물과 땀의 가치를 제대로 이해하고 있는지 모르겠다. 빈손으로 이룩한 작은 가정이나마 온전히 지키기 위해 비바람과 외풍에 수없이 흔들리면서도 힘든 인생길을 묵묵히 견뎌온 수많은 국민이 진짜 국가를 사랑하는 인물들이다. 온전한 국가라면 그들의 눈에서 더 이상 눈물이 흐르지 않도록 해야 하지 않을까.

그들이
동거하는 이유

젊은이들이 부모에게서 독립을 선언하고 집을 나와 스스로 살아가려면

가장 큰 고민이 경제적으로 독립이 가능한가의 문제이다. …

또 어려움을 공유하며 더 편안하고 행복한 삶을 살 기회를 모색해 본다는 점에서

영국 젊은이들의 동거가 긍정적인 면도 있겠다는 생각이 든다.

우리나라에서 결혼하지 않고 '동거(Cohabitation)'하는 젊은이들의 비율이 증가하고 있다는 보도는 새삼스러운 뉴스가 아닌 게 되었다. 하긴 기회만 되면 집을 뛰쳐나가려는 의식이 가득한 젊은이들이 많은 만큼 이해가 안 가는 것도 아니다.

처음 영국에 가서 동거하는 젊은 커플들이 많은 것을 보고 놀랐다. 문화적인 충격 탓이었다.

'왜 저들은 결혼하지 않고 동거를 할까.'

나중에 동거의 배경이 그렇게 간단한 것인 걸 듣고 더 놀랐다.

유럽에서 18세는 자신의 삶을 스스로 판단하고 개척해야 하는 나이가 된다.

"아시아에서 온 20살과 유럽의 20살 사이에 그렇게 차이가 있는 줄 몰랐다."라고 영국인 교수에게 들은 적이 있다. 동양 학생들을 보고 한 말인데 성인의 나이가 돼서도 자신의 장래 문제를 늘 부모와 상의하고, 경제적으로 부모에 의지하며, 심지어 결혼 이후에도 부모로부터의 지원이 계속되는 경우를 듣고 놀라며 한 말이다.

필자의 지도교수는 옥스퍼드대학에서 공부한 분인데, 그분의 아내는 의사로 영국 사회에서 중산층 이상의 생활과 판단을 할 수 있는 분이었다. 그들 사이에는 장녀인 딸 하나와 그 밑으로 아들 둘이 있었는데, 부부는 큰딸이 대학에 입학해서 집을 떠나 독립적으로 사는 날이 하루빨리 오기를 기대하고 있다고 종종 말했다. 다 큰 아이가 집에서 같이 있는 게 마뜩잖다고 했다.

영국 사회는 성인이 된 젊은이들에게 자신의 인생을 스스로 개척하며 살아야 한다는 묵시적인 압박을 가한다. 영국 대학에서 학생들은 대부분 기숙사 생활을 하므로 대학생이 되면 자연스럽게 가정을 떠나 독립적인 삶을 시작한다. 애초부터 공부에 관심이 없는 젊은이들은 성인이 되는 나이 무렵이면 집을 나와 직장을 다니거나 가게 등지에서 일하며 스스로 살아간다.

유학 초기에 영어 학교에 다니며 일반 주택에 방을 빌려 살 적의 이야기다. 아일랜드에서 온 20살 청년과 그 또래 영국인 여성, 그리고 필자를 포함해 세 사람이 인도 출신의 집주인 밑에서 각자 방을 얻어 살았다. 이미 성년이 된 그들은 고향과 집을 떠나 아일리시는 건축공사장을 거쳐 푸줏간에서, 또래 영국 아가씨는 주중에는 빵 가게에서, 주말에는 생선 가게에서 일하며 제각기 삶을 살고 있었다. 그들은 주급 노동자인데, 영국은 직업과 직종에 따라 각각 일당, 주급과 월급을 받는다.

월급쟁이는 대개 연봉으로 계약하는데 화이트칼라의 중산층이고, 주급과 일당을 받는 사람들은 중산층 이하가 대부분이다. 얼마 지나지 않아 서로 눈이 맞은 아일리시 청년과 잉글리시 여성이 동거를 시작하며 조금 큰방으로 옮겨 살기 시작했다. 드디어 동거가 시작된 것이다. 필자는 그 이유를 단지 애정행각의 결실 정도로 생각했는데 나중에 그들과 이야기하며 몰랐던 사실들을 알게 되었다. 거기에는 우리가 상상하듯이 남녀 간 애정의 결합만이 아닌 다른 이유가 복합적으로 자리하고 있었다.

젊은이들이 부모에게서 독립을 선언하고 집을 나와 스스로 살아가려면 가장 큰 고민이 경제적으로 독립이 가능한가의 문제이다. 세상 노동자들이 겪어야 하는 애잔한 현실의 출발점이다. 그들이 일을 하고 주급으로 약 500파운드쯤을 받으면 그중에 20~30%가 집세(Single Room)로 나간다. 30%가량은 식품구매와 식사 등 비용으로, 30%는 교통과 통신비, 나머지는 용돈이다. 10~20%가 기껏 쓸 수 있는 용돈이 된다.

　젊은이들이니만큼 가끔은 자신이 응원하는 축구팀의 경기장에도 가야 하고 공연장이나 나이트클럽도 들러야 한다. 종종 펍(Pub)에서 술도 마시고 게다가 젊은 나이니만큼 이성 친구와 교제도 해야 한다. 돈이 없다고 건강한 남녀가 혼자 지낼 수는 없지 않은가. 그러나 주머니 사정은 늘 빠듯하다.

　집을 나와 외롭게 살지만, 이성을 만나게 되고 관계가 깊어지면 경제적인 돌파구를 찾는 방안이 고려되는데 이들에게 동거가 유용한 방안이 된다는 걸 깨닫기까지 그리 오랜 시간이 걸리지 않는다. 조금 큰 방(Double Room)을 구해 같이 살면 방세와 생활비에서 적지 않은 돈이 절약된다. 따라서 더 나은 음식도 먹을 수 있고, 펍에서 맥주 한두 잔을 더 마실 수 있으며, 주말에 영화관에 갈 비용이 생긴다. 같은 집에 살고 있으니 이성 친구를 보러 가기 위한 교통비도 절약되고 대화를 위해 긴 시간을 휴대전화를 들고 있지 않아도 된다.

애초에 동양의 성 윤리나 남녀 간 유별에 관한 공부는 해본 적이 없는 그들이니 결정도 자유롭다. 그런데 그들은 대충 사는 걸까?

나이든 서양 사람들의 얼굴을 보면 편안해 보인다. 얼굴에 미소도 가득하다. 노후에 신경 써야 할 경제적인 문제의 상당한 부분이 정부 책임으로 넘어간 것도 편안함의 배경이 될 것이다. 연금은 말할 것도 없고 병원비가 무료인 데다가 노후까지 정부가 굶어 죽지 않도록 정책적으로 배려를 하니 말이다. 게다가 성인이 된 자식들을 경제적으로 지원하고 손주들을 힘들게 양육해야 하는 문제는 꿈속에서조차 생각해 본 적이 없으니 얼굴이 편하지 않을 수 없다. 혹시 늦둥이 자녀가 생겨 노후에 대학 등록금이 신경 쓰이면 그것도 제도적으로 해결이 가능하다.

동양에서는 유교가 개입하여 가족관계를 묶어버렸다. 군주와 부모, 친구들 사이의 관계에 이르기까지 기준을 마련해 놓았으니 오죽하겠는가. 서양 사람들은 집단이나 국가보다 내가 우선이다. 우리에겐 흔한 '우리나라'라는 표현을 그들이 얼마나 낯설어하는지 보라. '우리 집사람' 혹은 '우리 남편'이라는 표현을 쓰는 간 큰 사람은 없다.

그들에게는 국가나 사회, 회사 등 모든 것에 앞서 내가 우선이다. 부부로 살다가도 마음에 벽이 생기면 헤어지고 더 편한 상대를 만난다. 내가 편한 방식으로 사는 것이다. 그러니 얼굴이 편안해지지 않을 이유가 없다.

필자의 백모는 평생 '김 씨 집'에 시집온 것을 원망하다 돌아가셨다. 그는 김씨 집안을 원수의 집안처럼 생각했다. 우리 김 씨 집과 백모의 집은 로미오와 줄리엣 집안처럼 원한도 없었다. 어릴 적부터 그 말을 귀가 따갑도록 들으며 나는 늘 궁금해했다.

'큰어머니가 이 씨나 박 씨 집으로 시집갔으면 과연 행복하게 잘 사셨을까?'

백모에게는 유교의 가르침이, 또 자식들이 '웬수'였을 것이다.

우리의 이런 현실과 비교해 볼 때 이혼한 부부가 비록 다양한 이유로 이혼을 했지만 서로 오가며 또 각자 자신의 삶을 살아가면서 자식들과도 편하게 지내는 영국 사람들이 근본조차 모르는 몰상식한 사람들은 아닌 듯싶다.

우리는 여전히 '웬수'와 동거하는 부부가 많다. 어느새 황혼 이혼이 로망이 되었다. 인생의 긴 여행길에 원수를 만나기 전에, 또 어려움을 공유하며 더 편안하고 행복한 삶을 살 기회를 모색해 본 다는 점에서 영국 젊은이들의 동거가 긍정적인 면도 있겠다는 생 각이 든다.

 친한 친구가 객지에서 혼자 살고 있는 아이의 결혼 전 동거문제 로 상의를 해왔다. 이런 설명을 하며 "요즘 젊은이들은 현명하니 까 지들이 알아서 살도록 놔두는 게 어떠냐?"고 조심스럽게 답을 했다.
 친구가 물었다.
 "너 같으면 어쩌겠냐?"
 술잔을 들이키며 곰곰 생각해 봤다.

 그런데 성숙 의지를 갖고 사회에 적응하기 위해 힘든 날갯짓으 로 무장한 청춘들이 우리 사회에는 얼마나 될까. 공연히 자기들 즐기고 싶은 삶을 위해 필요만을 선택하는 약은 지혜만 남은 것은 아닐까?

 가만히 생각해 보니 동거를 해보며 습관이나 취미, 인성 등을 미리 파악해 보지 않고 무작정 결혼을 한 게 은근히 억울해진다. 이 글이 드러나면 한바탕 곤욕을 치르겠지만 세상 남자들의 속내

를 '온전히' 대변한 거니 장렬하게 최후를 맞이한다 해도 남자들로
부터 위로가 있을 것 같다.

에디는
어떻게 살고 있을까?

그를 처음 만났을 때 그는 엄마가 전부 다른 세 아이를 양육하는 아빠였다.

그의 나이가 20대 중반 무렵이었으니 상당히 조숙했음이 틀림없다.

그는 맥도널드에서 점심을 먹을 때나 수영장을 갈 때,

또 같이 축구경기를 할 때도 늘 아이들을 데리고 나왔다.

필자를 볼 때마다 어설픈 발음으로 '형'하고 부르며 먼저 장난을 치곤 하던 '에디(Eddy)'는 그 당시엔 생소한 표현이었지만 오늘날 기준에서 보면 전형적인 '검은 머리 외국인'이었다. 밝고 명랑한 성격에 운동을 좋아해서 나와 또 다른 교포 친구와 함께 셋이 런던에서 오랜 시간을 격의 없이 지냈다.

그를 처음 만났을 때 그는 엄마가 전부 다른 세 아이를 양육하는 아빠였다. 그의 나이가 20대 중반 무렵이었으니 상당히 조숙했음이 틀림없다. 그는 맥도널드에서 점심을 먹을 때나 수영장을 갈

때, 또 같이 축구경기를 할 때도 늘 아이들을 데리고 나왔다. 아이들은 젊은 아빠를 잘 따랐고 표정은 밝았지만 늘 조금은 꾀죄죄한 모습을 한 채 나타나곤 했다.

그는 이미 세 번 이혼을 한 상태에서 웨일스 출신의 마음씨가 착한 네 번째 여자와 동거 중이었다. 네 번째 여인도 임신 중이어서 우리는 그의 현재와 미래를 동시에 걱정하지 않을 수 없었다. 런던 외곽에 소재한 조그만 회사에 근무하던 그는 우리의 염려와는 달리 늘 당당했고 주변의 시선을 조금도 의식하지 않았다.

영국에서는 대부분 지인을 집으로 초대해서 식사를 하는 문화가 있다. 영국뿐만 아니라 대부분 유럽 국가들에서는 밖에서 밤늦도록 식사나 술자리를 갖는 것보다는 집으로 친구들을 초대해서 같이 식사를 하며 간단하게 와인을 마시며 대화하는 것이 일반적인 관습이다. 젊은이들은 친구들과 집 밖에서 어울리는 것을 좋아하지만.

식사 초대를 받아 그의 집을 방문했을 때 젊고 매력 있는 그의 동거녀는 거리낌 없이 환한 미소로 우리를 반갑게 맞아주었고, 그 여자 입장에서는 도무지 족보를 알 수 없는 남자의 아이들과 즐겁게 어울리는 모습을 보여주었다. 필자는 처음에 그런 모습이 참

어색했다. 문화가 다르다는 것을 그 사회에 깊숙이 들어가 몸에 익숙해지기 전에는 좀처럼 이해하기 어려울 때가 있다.

조금 다른 이야기지만 같이 공부하던 영국 친구가 어느 날 필자에게 주말인 토요일 점심 무렵에 시간을 낼 수 있냐고 물어온 적이 있었다. 고급 와인을 곁들인 상당히 괜찮은 점심을 먹을 수 있다는 말도 유혹처럼 던졌다. 그를 따라 토요일 점심시간에 방문한 장소에서 나는 기가 막혔다. 그곳은 그의 전처가 결혼식을 올리는 연회장이었다.

그의 전처는 자신의 재혼식에 전 남편인 내 친구를 초대했고, 필자는 영문도 모르고 거기에 같이 가게 된 것이었다. 나는 친구의 얼굴을 희한한 눈빛으로 쳐다봤지만, 그는 전처의 볼에 키스를 하고 미소를 지으며 "축하한다."는 말을 건넸다.

나는 그가 전처 새 남편의 얼굴에 주먹을 날리지 않을까 싶어 옆에 바짝 붙어 서서 음식도 제대로 먹지 못하고 긴장한 모습으로 있었다. 당시에 필자보다 열 살쯤 더 많았던 친구는 나이답게 점잖은 모습을 보였지만, 필자는 지금도 그 순간을 생각하면 기이하게 느껴진다.

에디는 식사를 하며 네 번째 여인 앞에서 세 번째 여인과 헤어진 이유를 우리에게 담담한 어투로 말해주었는데 너무나 단순해서 놀랐다.

"더 사랑하는 여자가 나타났다."라는 게 이유였다고 말했는데 세 번째 여인은 잠깐 눈물을 쏟더니 흔쾌히 받아들였다고 했다. 한국 같았으면 그는 몹시 두들겨 맞았을 거다.

벌써 30년이 넘는 시간이 흘렀으니 그도 꽤 변했을 것이다. 아빠를 닮았던 그의 아이들은 이미 제짝을 찾아 아빠의 곁을 떠났을 것이 분명하다. 에디의 유일한 취미는 밤에 거실에 불을 꺼놓고 고요한 어둠 속에서 소파에 앉아 조용히 음악을 듣는 것이라고 했다. 그러고 있으면 가끔 눈물이 흐른다고 했다.

그는 아기 때 프랑스로 입양하였다가 파양되고 거리를 떠돌다 영국으로 건너왔다. 그래서 자신의 아이들을 버릴 수 없다고 했다. 비록 사람답게 사는 것이 어떤 것인지 교육을 받을 기회를 놓쳐버렸지만, 그는 마음이 따뜻한 동생이었다. 주머니 사정이 넉넉지 않던 유학생 시절, 생일을 맞은 그를 데리고 출입이 쉽지 않던 한국식당을 찾았을 때 김치찌개를 입에 떠 넣으며 환하게 웃던 모습이 지금도 눈에 선하다.

영국이라는 사회가 필자에게 다소 충격적으로 보여주었던 개인
주의적이면서도 개방적이던 모습은 여전할 것이다. 그들은 그렇
게 살아왔고 앞으로도 그렇게 살아갈 것이다. 그것이야말로 그들
이 사는 모습이고 전통이며 역사가 될 테니 말이다.

그나저나 에디는 지금쯤 어떻게 살고 있을까.

다시
런던에서

심지어 부모의 도움을 포함해서 남의 신세를 지는 것을 거부하고
자신의 영역에서 스스로 일어서기 위해 독립적인 사고에 몰두하면서
끝없는 자기 혁신과 발전을 꾀한다. … 엄청난 독서와 과중한 학업,
경제적 어려움 등으로 늘 피곤한 모습이었지만
'자기 삶의 주인은 자신'이라는 인식만큼은 분명했다.

공항버스를 타고 숙소가 있는 런던 남서쪽 방향으로 가는 동안
바깥으로 보이는 도시 풍경은 조금도 변하지 않았다. 영국에서는
하루에 사계절을 경험한다는 말처럼 계절은 이미 봄이 찾아 왔지
만 바람은 큰 나무가 흔들릴 정도로 거셌고, 어두운 길거리 조명
아래 잔잔하게 내리는 비는 마치 겨울을 재촉하는 가을비처럼 스
산하다.

주말 늦은 오후 시간임에도 불구하고 거리는 한산했고 드물게
거리를 지나가는 사람들의 표정이나 걸음걸이는 웃음이 무엇인지

모르는 사람들처럼 그저 무덤덤하다. 영국인들이 유머에 쉽게 감동하는 이유를 알 것 같다. 예전에 머릿속에 남아 있던 바로 그 모습이었다. 런던은 여전히 겨울의 끝자락을 벗어나지 못한 채 비에 젖어 뒹구는 낙엽은 여전히 길가 곳곳에 남아 있었다.

긴 시간이 흐른 후에 런던을 다시 방문하게 되었다.

청년기에 오랜 시절을 보낸 곳이고 영국이라는 나라를 전공으로 한 탓에 예전에는 2~3년 주기로 방문을 하곤 했지만, 갑자기 코로나 사태가 발생해서 본의 아니게 이번에 방문 기회를 얻기까지 꽤 오랜 시간을 기다린 셈이 되었다.

그새 많은 일이 영국에서 벌어졌다.

오랜 기간 유럽연합(EU)의 회원국이었던 영국이 유럽 시장의 문을 박차고 나왔고, 코로나 사태로 수많은 인명 피해가 발생했는가 하면, 두 해 전에는 70년간 영국을 통치하던 엘리자베스 2세 여왕이 타계하기도 했다. 그런 가운데 열광적인 축구팬들은 지난 카타르 월드컵 경기에서 영국이 프랑스에 패배한 사실에 분노했고, 전통 술집인 펍(Pub)은 코로나 방역 해제 이후 자유를 되찾은 시민들로 붐볐으며, 해리 왕자가 스스로 왕실을 떠난 것을 놓고 다이애나비를 기억하는 사람들은 안타까워했다.

유럽연합(EU)을 탈퇴한 브렉시트(Brexit)로 영국의 경제 상황은 예상과 달리 침체상태에 놓여 있는데, 'Covid 19'와 2022년 2월에 시작된 러시아의 우크라이나 침공으로 비롯된 원유와 가스 그리고 식량 가격의 급등은 영국 경제를 더욱 심각한 상태에 빠지게 했다. 지금 영국인들은 높은 세금과 물가 그리고 얼마나 더 내핍생활을 하며 견뎌야 하는지를 놓고 앞을 예측할 수 없는 경제 상황으로 인해 모두 우울해 보인다. 또한 엘리자베스 여왕의 죽음은 많은 영국 사람들을 깊은 슬픔에 빠지게 했으며 그녀의 부재 이후 나라에 왜 어른이 존재해야 하는지를 일깨워 주고 있다.

이런 가운데 영국 정치를 이끌고 있는 집권 여당인 보수당은 연이은 총리들의 낙마로 난국을 헤쳐나가야 하는 위급한 상황 속에서 어려움을 가중시키고 있다. 브렉시트를 이끈 보리스 존슨(Boris Johnson) 총리가 브렉시트의 여파와 '파티 게이트' 논란으로 사임하였고, 그 뒤를 이은 리즈 트러스(Liz Truss)는 엘리자베스 2세 시대의 마지막 총리이자 찰스 3세 시대의 첫 총리로 영국 역사상 3번째 여성 총리이자 40대 여성으로서 총리가 된 최초의 인물이라는 진기록 속에 등장했지만, 통화정책의 실패로 취임 50일 만에 사의를 표명하면서 최단임 총리라는 불명예를 얻으며 퇴진하였다. 취임 당시 그녀의 자신만만함을 믿고 영국의 미래에 희망을 품었던 시민들은 허무한 속내를 감추지 못하고 있다.

지금은 2022년 10월 25일에 취임한 인도 출신의 리시 수낵 (Rishi Sunak)이 79대 총리로 선출되어 영국을 이끌고 있다. 수낵 총리의 선출은 영국은 물론 영연방 국가들과 미국, 유럽을 포함한 국제사회 모두를 놀라게 한 엄청난 정치적 사건으로 영국 역사에 기록될 만하다.

수낵은 인도계로 1960년대 영국으로 이주한 부모 밑에서 영국 사우샘프턴에서 출생하였으며 명문 윈체스터칼리지와 옥스퍼드 대학을 졸업하고 미국 스탠퍼드대학에서 MBA 코스를 마친 금융 전문가이다. 힌두교도인 그는 영국 역사상 백인이 아닌 첫 총리이 자 42세의 나이에 단독 출마하여 무투표로 당선된 최연소 총리이 기도 하다(그는 42세에 취임하여 1812~1827년 기간 재임했던 로 버트 젠킨슨(Robert Jenkinson) 이후 210년 만의 최연소 총리이 다). 비록 젊은 나이이지만 수낵은 테리사 메이(Theresa May) 내 각에서는 주택·지역사회·지방자치부 차관에 발탁되었고, 보리 스 존슨 전 총리 밑에서는 재무부 수석 차관과 재무부 장관을 역 임한 경력이 있는 인물이다.

스스로를 상식적 대처주의자로 소개하면서 보수적이면서 실용 적이고 합리적인 관리자의 성향을 지닌 인물로 영국 사회에서 평 가받고 있는 그가 미·중 시대에 '미국과의 특별한 관계' 유지, 러시아의 우크라이나 침공 사태가 가져온 막중한 외교 안보적 현안, 유럽연합(EU) 회원국들, 특히 독일과 프랑스와의 협력 문제 그리고 무엇보다 침체해 있는 시급한 경제문제의 해결 등 산적해 있는 수많은 난제를 풀고 영국을 침체상태에서 구해낼 수 있는지가 영국의 현재를 관찰하는 관점이 될 것이다. 게다가 교육, 복지, 의료, 이민, 범죄 등 사회 내부의 갈등문제도 그의 내각이 해결해야 할 직면한 시급한 과제가 아닐 수 없다.

흔히 영국을 방문하는 한국 사람들은 영국 사회를 바라보면서 조상을 잘 둔 덕분에 후손인 오늘의 영국인들이 저렇게나마 살고 있다고 말하곤 한다. 대영박물관에 전시된, 사실상 해외에서 약탈해온 수많은 귀중품을 바라보면서, 또 그것을 구경하기 위해 영국을 찾는 전 세계의 수많은 관광객을 보면서 그런 생각이 드는 것은 자연스러운 일이다.

실제로 우리가 알고 있는 영국에 대한 인식과 지식은 현재보다는 과거에 익숙한 것이 사실이다. 따라서 그런 평가나 지적은 틀린 게 아니다. 과거에 수많은 전쟁을 경험하면서 화려한 외양을 지양하고 내핍에 익숙해 있는 평범한 일반 국민의 삶을 보면서 과거와 현재가 대비되는 상반된 생각이 떠오르는 것은 지극히 당연하다 하겠다.

그러나 우리처럼 특별히 풍요로운 자원 없이 열악한 지정학적 여건 속에서 민주주의를 탄생시키고 오랜 기간 실천해 오면서 그들 사회 내부에 견고하게 자리 잡은 가치에 주목하는 것을 외면해서는 영국이라는 나라를 정확하게 이해하기 어렵다.

산업혁명을 계기로 발전한 공업 분야에서 제조한 상품과 생산물을 일찍이 해양으로 진출하면서 획득한 해외영토인 지역에 수출하고 거기서 획득한 원료와 자재를 또다시 가공하여 제품을 만들어 수출하는 경제발전의 모델도 영국을 빼고는 이야기하기 어렵다. 그들은 마침내 대영제국을 거느리면서 국제사회를 운영하는 경험을 통해 다른 국가들에 선례가 되는 역사적 사명을 (그것이 긍정적이든 혹은 부정적 인식이든) 기꺼이 수행한 바 있다.

비록 소매가 닳아 너덜너덜해진 스웨터 셔츠를 해가 바뀌도록 입고 청바지도 구멍이 날 때까지 입고 다니는 청년이지만 성년이 되자마자 그들은 심지어 부모의 도움을 포함해서 남의 신세를 지는 것을 거부하고 자신의 영역에서 스스로 일어서기 위해 독립적인 사고에 몰두하면서 끝없는 자기 혁신과 발전을 꾀한다. 식사도 필요한 만큼만 하고 귀중한 청년 시절을 허비하게 만드는 불필요한 사회활동도 자제한다. 엄청난 독서와 과중한 학업, 경제적 어려움 등으로 늘 피곤한 모습이었지만 '자기 삶의 주인은 자신'이라는 인식만큼은 분명했다. 오래전 캠퍼스에서 이런 모습의 친구들을 보는 게 낯설지 않은 풍경이었는데 오랜만에 다시 찾아본 대학 도서관 주변의 젊은이들 모습은 조금도 변하지 않았다. 자연스럽게 우리 사회의 젊은이들과 비교하지 않을 수 없다.

그래도 이번에 큰 희망을 보았다. 비행기를 타고 가면서 옆에 앉았던 두 명의 우리나라 대학생들과 이야기를 나눴다. 서로 모르는 사이인 그들 둘 다 영국에 처음 공부하러 가는 길이라고 했다. 말 설은 낯선 나라에서 앞으로 자신의 삶을 스스로 개척해 나가겠다고 결심한 그들을 보면서 오래전 나 자신의 모습을 생각하며 마음이 짠했다. 힘겹게 큰 가방을 끌고 작은 배낭은 등에 메고 조금은 두렵고 상기된 표정으로 인사를 나누고 공항 밖으로 씩씩하게 떠나는 그들의 뒷모습을 보며 마음으로부터 큰 격려를 보냈다.

오래전 영국인들이 지금처럼 비바람이 몰아치는 거칠고 황량한 환경 속에서 제국을 이루었듯이 우리 젊은이들도 영국이라는 사회를 철저히 이해하고 배워서 나라의 더 큰 성장을 도모하는 데 이바지하게 되길 바란다. 그들의 부모 세대가 열악한 여건 속에서 어쩔 수 없이 머리보다는 몸으로 부딪쳐 가며 이룩해낸 경제 선진국의 면모를 이제는 선진국의 또래들과 머리와 지혜로 경쟁해 가며 훌륭한 나라로 발전하는 데 그들의 기여가 있기를 기대한다.

밤새 불던 비바람이 여명이 채 가시기 전인 어둠이 짙게 깔린 지금까지 여전하다. 창밖으로 큰 나뭇가지가 흔들리는 모습이 불안해 보인다. 비바람은 영국을 유럽의 변방에서 중심으로 가져온 엘리자베스 1세 때나 대영제국을 이룩한 빅토리아 여왕의 시기에, 그리고 흔들리는 촛불 아래에서 열정적인 집필을 통해 전 세계에 영국의 문화를 전파한 셰익스피어나 디킨스의 시기에, 그리고 전쟁과 경제적 쇠퇴라는 위기와 수렁 속에서 영국을 이끈 처칠이나 대처 전 총리들이 평범한 시민들을 격려하고 피와 땀을 호소할 때도 불었을 것이다.

영국은 앞으로 어떤 고통과 시련을 겪게 될까? 그들은 어떤 방식으로 자신들이 직면한 어려움을 극복할까? 땅속 깊숙이 뿌리내린 큰 나무들처럼 강풍의 흔들림에도 아랑곳하지 않고 이번 어려움도 잘 이겨낼 수 있을까? 비록 짧은 체류 기간이지만 그 답을 찾는 노력을 기울여볼 참이다.

미국의 그래미상보다 영국의 'Brit Awards'상 수상이 더 감격스러웠다고 환한 미소를 지으며 노래하는 런던 토트넘 출신의 세계적인 가수 아델(Adel)의 노래를 들으며. 그리고 강한 비바람이 이방인을 기다려줄 것 같지 않은 날씨 속에 런던 거리를 산책하면서, 또 잉글리시 티(English Tea)도 종종 마셔가며 답을 찾기 위한 고민을 해볼 작정이다.